NACHT DER DREI HUNDE

ÄRGER-IM-DREIERPACK-REIHE

BUCH DREI

TYMBER DALTON

LESLI RICHARDSON

Übersetzt von
LITERARY QUEENS

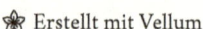 Erstellt mit Vellum

INHALT

HOLEN SIE SICH IHR KOSTENLOSES BUCH!

Tragen Sie sich in unsere Mailingliste ein, um Ihr kostenloses Buch zu erhalten.

https://geni.us/jungfrauunddervampir

ANMERKUNG DER AUTORIN

Dieses Buch wurde erstmals 2009 geschrieben und veröffentlicht, lange vor Covid und dem Hochzeitsverbot. Es wurde für diese Ausgabe leicht bearbeitet, wesentlichen Änderungen an der Geschichte wurden aber nicht vorgenommen.

DANKSAGUNG

Danke an alle meine Leserinnen und Leser! Ihr rockt!

PROLOG

ALTE BLUTSCHWÜRE

*E*s war eine der rauesten und kältesten Nächte im Moor, und der Wind peitschte Glut aus dem großen Lagerfeuer und ließ sie in die Luft wirbeln, bis sie in der Dunkelheit verschwand. Die Gruppe, hauptsächlich Männer, waren um das Feuer versammelt. Hinter ihnen standen ihre jeweiligen Rudel bereit, die Hände an den Schwertern, falls nötig bereit für den Kampf.

Rodolfo und Eiselman musterten einander im flackernden Licht. Schließlich brach Eiselman die unbehagliche Stille. »Habt ihr euch wegen der Mitgift entschieden?« Rodolfo nickte. »Ein Blutschwur. Ihr werdet uns den ersten weiblichen Welpen geben, der von einem Alpha-Männchen aus eurer Familie geboren wird. Natürlich erst, wenn sie volljährig ist.«

Eiselman wurde bleich und sah zu Ysimel hinüber. Sie stand hinter Rodolfo, eingeklemmt zwischen zwei ihrer anderen Brüder. Rodolfo ging einen Schritt zur Seite, um Eiselman den Blick auf sie zu versperren. »Du bist Beta, das weiß ich. Ist mir egal, welcher Alpha ihr Vater ist, aber wir wollen das erste Mädchen, das von einem Alpha-Männchen geboren wird, ob sie eine Enkelin ist oder was auch immer.«

»Kann ich mit Ysimel sprechen?«

»Sie hat bereits zugestimmt. Ist der einzige Grund, warum ich dir das Angebot überhaupt mache.« Er verzog das Gesicht zu einem höhnischen Grinsen. »Meine Schwester heiratet einen Beta. Hätte nie gedacht, dass ich diesen Tag mal erleben würde. Dass deine Kehle noch nicht durchgeschnitten wurde, verdankst du ihrer Liebe und ihrem Betteln nach Gnade für dein wertloses Leben.« Er spuckte auf den Boden zu Eiselmans Füßen.

Doch Eiselman bewegte sich keinen Zentimeter. »Was ist, wenn wir keinen in unserer Familie haben?«

»Euer Stammbaum ist an den Eid gebunden. Also werdet ihr auf die eine oder andere Weise einen bekommen, oder nicht? Wenn nicht, wird das hier mit einem Blutbad enden. Ist mir egal, ob es eine oder hundert Generationen dauert.« Er spuckte wieder. »Ehrlich gesagt glaube ich nicht, dass eure Familie in der Lage ist, ein Alpha-Männchen hervorzubringen.« Er grinste wieder spöttisch. »Vielleicht profitiert ihr ja etwas vom Alpha-Blut meiner Schwester. Oder ein Alpha-Männchen heiratet sich ein.«

Eiselman verachtete Rodolfo und hätte ihn lieber getötet und ihnen Ysimel mit Gewalt entrissen, aber das hätte nur einen weiteren unnötigen Krieg ausgelöst. Sie war bereit, mit ihm zusammen zu sein, obwohl ihre Brüder ihn verachteten.

Alle wussten, dass es im Laufe der Jahrhunderte viel Blutvergießen gegeben hatte. »Also gut.«

Rodolfo grinste, aber sein Gesichtsausdruck war eiskalt. »Bring sie rüber.«

Die anderen beiden Brüder schubsten ihre Schwester

näher ans Feuer. Rodolfo zog seinen Dolch und ergriff die Hand seiner Schwester. »Das ist deine letzte Chance, einen Rückzieher zu machen«, sagte er. »Du wirst auch an den Eid gebunden sein.«

»Ich weiß«, erwiderte sie sanft.

»Bist du sicher, dass du … *das* willst? Einen Beta?« Er spuckte das Wort mit Verachtung aus. Sie nickte, ihre Augen auf Eiselman gerichtet. »Ich liebe ihn. Er ist der Eine für mich.«

Er schnitt ihre Handfläche auf, dann seine. Dann sah er Eiselman an. »Also?« Eiselman nahm das Messer und schnitt ebenfalls in seine Handfläche.

»Ihr zwei zuerst«, sagte Rodolfo.

Eiselman nahm ihre Hand, schob seine Finger zwischen ihre und sah ihr in ihre grünen Augen. »Ich schwöre bei der Göttin«, gelobte er und wünschte sich nichts sehnlicher, als Ysimel in sein Lager zu bringen und die ganze Nacht mit ihr zu schlafen.

»Jetzt ich.« Rodolfo streckte seine Hand aus.

Eiselman ergriff die Hand des anderen Gestaltwandlers und zwang sich, nicht zusammenzuzucken, als Rodolfo fest zudrückte.

»Schwöre den Eid, Beta«, knurrte Rodolfo. »Der erste weibliche Welpe, der von einem Alpha-Mann eurer Familie geboren wird, muss unserem Clan übergeben werden, sobald sie volljährig ist. Deine Familie und alle Nachkommen sind durch Blut *und* Heirat an diesen Eid gebunden, egal, wie lange es dauert. Dieser Eid bleibt bestehen, bis er erfüllt ist, oder bis einer unserer Stammbäume vollständig ausstirbt.« Er lachte. »Würde mich nicht wundern, wenn deine Familie zuerst ausstirbt. Als Gegenleistung kannst du meine Schwester zu deiner Gefährtin nehmen.« Er grinste. »Oder sollte ich sagen, sie kann dich nehmen?«

»Ich schwöre.«

Rodolfo ließ Eiselman los und wischte dann schnell seine Hand und den Dolch an Eiselmans Umhang ab. »Ihr seid alle Zeugen«, verkündete Rodolfo der versammelten Menge. »Ein Blutschwur, heute Nacht geschworen.« Dann grinste er seine Schwester an. »Beanspruche deinen Gefährten, Alpha-Schlampe.«

Sie warf sich auf Eiselman, küsste ihn und ignorierte die anderen um sie herum. Er nahm sie in seine Arme und trug sie vom Feuer weg zu seinem Zelt. Drinnen ließ er sie auf die Felle fallen, warf seinen Umhang auf den Boden und kniete sich über sie. Sie packte ihn, drehte ihn auf den Rücken und schob seinen Kilt beiseite, während sie sich über ihn kniete.

»Endlich gehörst du mir«, knurrte sie.

Sein steifer Schwanz begann beim Klang ihrer Stimme fast schmerzhaft zu pochen. Es war nichts Sanftes oder Zärtliches in ihren Bewegungen, während sie sich auf ihn spießte, ihr Jungfernhäutchen durchbohrte und dann einen kraftvollen, tiefen Schrei ausstieß. Er packte ihre Taille und versuchte, ihre Bewegungen zu verlangsamen, aber sie war wie berauscht.

Also gab er auf und legte sich zurück, wartete und spürte, wie er seinem Höhepunkt immer näher kam. Als sie plötzlich innehielt und ihn in eine sitzende Position zog, erschreckte er sich fast. Sie zerriss den Stoff seiner Tunika und entblößte seine Schulter. Dann beschleunigte sie die Bewegungen ihrer Hüften wieder und stieß härter und unerbittlicher gegen ihn. In seinem Clan wurden diese Dinge anders gehandhabt, aber egal, er war Beta und hatte damit gerechnet, dass sie ihn auf ihre Weise beanspruchen würde.

Er schlang seine Arme um ihren weichen Körper und legte seinen Kopf zur Seite, um ihr seinen Hals und Nacken zu zeigen. Heiße Lippen drückten sich gegen seine Haut, ihre Zunge und Lippen liebkosten ihn und arbeiteten sich seinen Hals hinab bis zu seiner Schulter.

Als er kurz vor dem Höhepunkt war, knurrte sie tief und rammte ihre Hüften gegen ihn. Dann pressten sich ihre Zähne gegen seine Schulter.

»*Gefährte. Mein Gefährte.*« Er hörte ihre Gedanken so deutlich, als hätte sie gesprochen. Draußen vor dem Zelt knurrte als Antwort die Sippe, da sie es auch gehört hatten.

»*Unterwerfe dich*«, befahl sie ihm ohne Worte.

»Ja!« Er atmete tief ein.

Als sie zubiss und ihn markierte, schrie er vor Qual und Vergnügen, während der Orgasmus ihn überrollte. Dann spürte er ihr Knurren, das aus ihrem tiefsten Innern zu kommen schien, und sie kam mit voller Wucht. Durch das Zusammenziehen ihrer Muskeln stieg ein weiterer unerwarteter Orgasmus in ihm auf, der ihm den Atem verschlug.

Danach brachen sie auf den Pelzen zusammen, und sie leckte zärtlich seine Schulter.

Es war ihm egal.

Nach einer Weile begann sie, in seinen Armen zu zittern und er tastete den Boden nach seinem Umhang ab und legte ihn über sie. Dann hielt er sie noch fester in seinen Armen und sie glitten zusammen in den Schlaf.

Am Morgen waren Rodolfo und sein Rudel weg. Eiselman schmiegte sich beschützend um seine Gefährtin, knabberte sanft an ihrer Schulter und versuchte, sie aufzuwecken. Als sie schließlich aufwachte, drehte sie sich lächelnd in seinen Armen um.

»Guten Morgen, Ehemann.«

Er küsste ihre Nase. »Guten Morgen, Ehefrau.« Er rollte sich auf sie, diesmal langsam und vorsichtig. Sein Schwanz wurde augenblicklich hart und er glitt in sie hinein, wo er einen Moment innehielt und das Gefühl ihres heißen Körpers um ihn genoss. Er beugte seinen Kopf zu ihren Brüsten und nahm einen Nippel in seinen Mund. Sie stieß ein lustvolles Zischen aus, während er daran saugte und die weiche Haut hart wurde. Er wiederholte es auf der anderen Seite und sie schlang ihre Beine um seine Taille. »Du hast gesagt, dass bei dir zu Hause ein Bett auf mich wartet?«

Er lachte. »Ja. Ich glaube, wir werden es viel nutzen.« Der Anflug von Traurigkeit huschte über ihr Gesicht. »Was bedrückt dich?«

Ihr Lächeln wirkte gezwungen. »Nichts. Nichts mehr, da ich jetzt bei dir bin.«

Eiselman streichelte ihre Wange. »Das mit deiner Familie tut mir leid.«

Sie schüttelte den Kopf. »Es ist egal. Wenn sie mich wegen meines Gefährten nicht bei sich haben wollen, ist das ihr Problem, nicht unseres.« Sie zog ihn fest an sich und küsste ihn. »Jetzt schlaf mit mir, Ehemann. Markiere mich als deine.«

* * *

Ysimel drehte sich erschrocken um, als sich die Tür öffnete. Ihre Hand huschte schützend zu ihrem runden Bauch.

Für einen Moment war sein Gesicht durch das gleißende Sonnenlicht hinter ihm von Schatten verborgen, dann trat er ein.

»Theadin«, knurrte sie. »Was willst du?«

Er zuckte mit den Schultern. »Rodolfo hat mich geschickt.« Er schloss die Tür und kam in den Raum, wobei er sich mit offensichtlicher Verachtung umsah. »Schwester, du enttäuschst mich.«

»Du bist den ganzen Weg gekommen, um mir das zu sagen? Dann kannst du ja jetzt wieder gehen.«

»Nein, ich bin gekommen, um dir zu sagen …«

Die Tür flog auf, und ihre beiden Söhne rannten herein. »Mutter, wir haben gesehen …« Der Ältere, Danford, hielt beim Anblick des Besuchers inne. Er packte seinen kleinen Bruder und zog ihn an sich.

»Danford, Garson, das ist euer Onkel Theadin.«

»Hallo«, sagten die Jungs gleichzeitig, immer noch mit großen Augen.

Theadins Augen verengten sich, dann lächelte er. »Wie auch immer, Schwester, das hier …«, er deutete auf ihren Bauch, »ist sicher. Offensichtlich wird eine der nächsten Generationen den Blutschwur erfüllen müssen.«

»Verschwinde!«

Er setzte sich an den Tisch. »Oh, bevor ich dir meine Meinung gesagt habe? Ich glaube nicht.« Er sah sie an. »Du bist eine Witwe, mit einem Welpen im Bauch und zwei Mäulern zu stopfen. Diese beiden sind Betas. Ich habe keinen Grund zu der Annahme, dass das Dritte anders wird, männlich oder weiblich.« Er schüttelte den Kopf. »Du hättest als Frau eines Rudelführers beansprucht werden können, aber du musstest dich ja mit einem Beta begnügen! Du bist eine solche Enttäuschung.« Er zupfte an seinen Fingernägeln. »Rodolfo hat mir aufgetragen, dich einzuladen. Als Schwester kannst du dich wieder unserem Rudel anschließen.«

»Sei ehrlich. Er will mich in seiner Nähe haben, um dafür zu sorgen, dass der Eid erfüllt wird.«

»Natürlich. Was denn sonst?« Er musterte sie. »Er könnte dich mit einem neuen Partner zusammenbringen. Hat gesagt, dass er bereit wäre, dich von deinem Eid zu entbinden, wenn du einen Gefährten seiner Wahl nimmst. Du weißt genauso gut wie ich, dass du einen brauchen wirst.« Sein Gesichtsausdruck verdüsterte sich. »Oder möchtest du dein Leben für einen Beta-Welpen wegwerfen?«

»Sag ihm, er kann von den Klippen von Dover springen und im Meer ertrinken!«

Theadin zuckte mit den Schultern. »Hab nichts anderes

von dir erwartet.« Er stand auf und schob sich an den beiden Jungen vorbei. An der Tür drehte er sich um. »Dein Blutschwur gilt immer noch, Schwester. Vergiss ihn nicht. Du und deine Nachkommen werden noch zur Rechenschaft gezogen.«

Nachdem er gegangen war, rannten die beiden Jungen zu ihrer Mutter, die anfing zu weinen. Es hatte sich schnell unter den Rudeln herumgesprochen. Ihr geliebter Eiselman war noch nicht mal einen Mond lang in seinem Grab, und schon versuchten ihre gierigen Brüder, sich wie Geier Vorteile daraus zu verschaffen. Sie hätte Ewigkeiten mit ihrem Gefährten verbringen sollen, und ihn bei der Jagd verlieren zu müssen …

Sie schlang ihre Arme um ihre Söhne. Sie waren zu jung, um es wirklich zu verstehen, aber sie würde es ihnen erklären müssen. Und zwar bald. Sie spürte bereits, wie sie innerlich ohne ihren Gefährten an ihrer Seite langsam starb.

»Ich mag ihn nicht, Mutter«, sagte Danford. Er war zwölf und noch nicht ganz ein Mann. Er hatte in den vergangenen Wochen so gut er konnte versucht, seinen Vater als Mann des Hauses zu ersetzen.

»Ich auch nicht«, wiederholte Garson. Trotz seines jungen Alters von zehn konnte sie bereits die Stärke in ihm sehen.

Sie küsste sie beide und wischte sich das Gesicht ab. Es war ihr größter Wunsch, dass der Welpe in ihrem Bauch ein Beta war und kein Alpha. Ob Mädchen oder Junge, war egal. Sie wollte den schrecklichen Eid nicht erfüllen und ihrem Bruder ein Mädchen übergeben. Diese schreckliche Aufgabe würde ihren Söhnen oder deren Nachfolgen zufallen. Sie wusste, dass Rodolfo bereits einen potenziellen Gefährten aus einem anderen Clan für das ungeborene Mädchen arrangiert hatte, falls der Tag kommen sollte.

Ysimel zitterte. »Lasst uns das Abendessen vorbereiten, Jungs. Vergesst ihn. Er ist egal.«

* * *

DANFORD SAß am Tisch und rieb sich die Stirn. Er hatte gebetet, dass dieser Tag nicht kommen würde.

Gott sei Dank war seine Mutter schon lange tot.

Sein Sohn und seine Tochter saßen vor ihm. Ironischerweise hatte er eine Alpha-Tochter und einen Beta-Sohn bekommen. »Kathleen, ich habe dir vor Jahren von dem Blutschwur erzählt. Du verstehst, was das bedeutet, und um was du mich bittest, oder?«

Sie nickte. »Ja, Vater. Das tue ich.«

»Marston, du verstehst aucg, dass du dafür verantwortlich bist, den Eid zu wahren, wenn ich vor dir sterbe, und sie ihn nicht erfüllt? Er muss unter deinen Nachkommen bestehen bleiben oder unter ihren, je nachdem, bei wem es zuerst eintritt. Unsere Erben müssen den Eid kennen und darauf schwören.«

Er nickte. »Ja Vater.«

Danford lehnte sich zurück und sah seine Frau an. Sie sagte nichts. Als kompletter Mensch zog sie es vor, sich aus Rudelangelegenheiten herauszuhalten. Natürlich wusste sie von dem Schwur, weil er es ihr vor ihrer Paarung erklärt hatte.

Er war sich des jungen Mannes bewusst, der vor seiner Haustür wartete und wahrscheinlich nervös auf und ab ging. Es gab zwei Möglichkeiten. Er konnte die Beziehung zuzulassen oder den Mann töten. Letzteres würde bedeuten, auch seine Tochter zu töten, da sie alles tun würde, um ihre große Liebe zu retten, daran hatte er keinen Zweifel.

Danford war sich nicht einmal sicher, ob er die Kraft hatte, sie zu überwältigen. Sie war eine starke, wilde Alpha, die bereits zwei männliche Alpha-Verehrer zurückgewiesen hatte, die sie für ihre Eine gehalten hatten. Er hatte Gerüchte über Wetten unter seinen Cousins gehört, dass kein Mann sie jemals zähmen oder für sich beanspruchen könnte.

»Ruf ihn herein«, befahl Danford leise.

Seine Frau ging zur Tür, um ihn hineinzulassen. Oswald Pardie war nicht der attraktivste Mann, doch er hatte ein starkes Kreuz und Erzählungen zufolge ein ehrbares Herz. Laut seiner Tochter war er ihr Einer. Pardie hatte nicht so auf sie reagiert, aber er liebte sie genug, um ihr zu erlauben, ihn kampflos zu beanspruchen.

Alpha und Alpha.

Sobald Oswald sich gesetzt hatte, sah Danford in direkt an »Hat meine Tochter dir von unserem Blutschwur an Rodolfo Abernathy erzählt?«

Der junge Mann nickte. »Ja.«

»Bist du bereit, diesen Eid zu schwören? Deinen eigenen Blutschwur vor dieser Familie abzulegen, um ihn aufrecht-zuerhalten?«

Er schob seine Finger zwischen Kathleens. »Ja, das bin ich.«

»Du bist ein Alpha-Mann. Wenn ihr eine Tochter bekommt oder wenn ein Alpha-Mann eurer Familie eine Tochter bekommt, muss sie übergeben werden, sobald sie volljährig ist. Vorausgesetzt, sie ist die Erstgeborene und kann den Eid erfüllen. Sie muss schon früh davon erfahren, und darf von niemand anderem beansprucht oder markiert werden, bevor sie übergeben wird.«

Er nickte. »Ja.«

Danford wurde wütend. »Du bist bereit, wegen eurer Liebe ein Kind zu opfern?«

Oswald wich seinem Blick nicht aus. »Das waren Sie auch. Als Sie ihre Frau geheiratet haben.«

Nach einem langen, angespannten Moment lachte der

ältere Mann. »Das stimmt.« Er seufzte. »Frau, bring mir meinen Dolch.«

Sie holte den Dolch und legte ihn vor ihrem Mann auf den Tisch. Er hob ihn auf, schnitt in seine Handfläche, dann in die seiner Tochter. Er reichte Oswald den Dolch. »Tu es.«

Auch er schnitt sich in die Handfläche, nahm dann ihre Hand und drückte sie zusammen. »Ich schwöre bei der Göttin, den Eid zu wahren.«

Danford griff über den Tisch und nahm Oswalds Hand. »Schwörst du, den Blutschwur unserer Familie gegenüber Rodolfo Abernathys Clan zu wahren?«, fragte Danford.

Oswald nickte. »Ich schwöre bei der Göttin, den Eid zu wahren.« Danford ließ seine Hand los und nahm das Handtuch, das ihm seine Frau reichte, um das Blut wegzuwischen. »Dann gebe ich euch beiden meinen Segen.«

Kathleen lächelte breit und küsste Oswald. »Aber«, sagte er und ließ die beiden jungen Liebenden innehalten, »hört mir gut zu. Unabhängig davon, wie sehr ich dich liebe, wenn du als Erstes ein Mädchen bekommen solltest, werde ich euch zwingen, den Eid einzuhalten, egal was. Solange ich lebe. Das gilt auch für deinen Bruder, wenn ihr euch nicht freiwillig unterwerft. Mir ist klar, dass über drei Jahrhunderte vergangen sind, aber das macht den Eid nicht weniger gültig.«

»Ja, Vater«, sagte Kathleen. »Wir haben es verstanden.«

Er seufzte und winkte sie hinaus. »Geht nur. Ihr könnt eure Feier im Gästehaus abhalten.«

Das Paar rannte aus der Küche und schlug einen Moment später die Haustür hinter sich zu.

Danford sah seine Frau an, dann seinen Sohn. »Lasst uns beten, dass es nur männliche Welpen geben wird.«

* * *

KATHLEEN UND OSWALD hielten ihr drittes Kind, ihren kleinen Jungen Liam, im Arm und warteten angespannt darauf, dass die Seherin ihres Clans etwas sagte. Ihre beiden älteren Söhne waren beide Beta, sehr zu ihrer Erleichterung. Beide waren inzwischen erwachsen und der ursprüngliche Eid war nun über vier Jahrhunderte alt. Keiner der Söhne hatte bisher eine Partnerin gefunden, und wenn sie nicht selbst einen Alpha-Sohn hervorbrachten, würde eine weitere Generation vergehen, ohne dass sie sich Gedanken über den Eid machen mussten.

Sie hatten dieses Kind nicht erwartet, waren eigentlich vorsichtig gewesen. Doch nach über siebzig Jahren Ehe und dreißig Jahren seit ihrem letzten Welpen waren sie doch unvorsichtig geworden.

Und nun saßen sie hier …

Die Seherin lächelte sie an. »Glückwunsch! Ihr habt wirklich großes Glück. Ihr habt endlich einen Alpha-Sohn, der eure Familie weiterführen kann.« Kathleen wiegte ihren kleinen Jungen fest und schluchzte gegen die Schulter ihres Mannes, der seinen Arm um sie schlang.

Als sie wieder allein auf der Kutsche saßen, flüsterte sie: »Wir müssen umziehen. Schnell. Marston darf es nicht erfahren.«

Er nickte grimmig. »Das werden wir. Wir müssen packen und mit dem ersten Zug morgen früh abreisen.« Er schwang die Zügel und spornte die Pferde an, schneller zu laufen. Doch leider wartete Marston zu Hause unter der Ulme im Vorgarten auf sie.

»Da seid ihr ja«, sagte er mit einem Lächeln. »Was hat die Seherin verkündet?«

Kathleen drängte sich an ihrem Bruder vorbei ins Haus. Marston drehte sich zu Oswald um, seine vorgetäuschte Freundlichkeit war mit einem Schlag verschwunden. »Ihr habt es geschworen«, knurrte er. »Ihr habt den Eid geschworen. Wenn ihr euch nicht daran haltet, werde ich es tun.«

»Verschwinde von hier, Beta.« Für seinen Schwager hegte er nur Verachtung übrig.

Marston packte ihn am Arm. »Die Abernathys betrachten diesen Eid immer noch als eure größte Verpflichtung, die zurückgezahlt werden muss. Sie haben es nicht vergessen. Ihr werdet bezahlen.«

Oswald riss sich los. »Wenn du ein richtiger Mann wärst, könntest du den Eid selbst erfüllen.« Er musterte seinen Schwager von oben bis unten. »Aber es ist dir unmöglich, Kinder zu zeugen, nicht wahr? Es sei denn, eine deiner männlichen Huren würde eins ausscheißen ...«

Marston schwang die Faust, doch Oswald wich ihm geschickt aus und entblößte seine Zähne. »Das habe ich mir erhofft.« Knurrend sprang er auf den anderen Mann. Einen Moment später tauchte Kathleen ohne das Baby wieder auf und schrie die beiden an, damit aufzuhören. Sie riss den Eimer von seinem Haken auf der Veranda, schöpfte Wasser aus dem Pferdetrog und schüttete es auf die Männer. Es erschreckte sie so sehr, dass sie sich zwischen sie stellen und ihren Mann zurückziehen konnte.

»Hört auf! Alle beide!« Sie schubste ihren Bruder weg. »Raus hier! Ich werde mich an den Eid halten, aber davon sind wir noch weit entfernt, oder? Du nimmst mir meinen Liam nicht weg. Wenn dann könntest du nur seine Tochter nehmen, wenn er jemals eine bekommen sollte. Also verschwinde von hier, bevor ich dir selbst die Kehle aufreiße! Geh zurück zu deinen Kumpels, den Abernathys, oder gleich in die Hölle.«

Marston stand auf und wischte sich Blut vom Mund. »Glaube nicht, dass ich das vergessen werde, Schwester«, knurrte er.

Sie entblößte knurrend ihre Zähne. »Du bist nicht mein

Bruder. Wir sind vielleicht blutsverwandt, aber für mich bist du gestorben.«

Marston wusste, dass er seine Alpha-Schwester in einem Kampf nicht schlagen konnte, schon gar nicht mit ihrem Ehemann zusammen. Also drehte er sich um, ging zu seinem Pferd und verschwand in vollem Galopp den Feldweg hinunter.

Sie wandte sich zu Oswald, um seine Wunden anzusehen. »Ich denke, ein Umzug ist keine Option mehr.«

Er nahm sie in den Arm, streichelte ihr Haar. »Nein, mein Schatz. Das geht nicht mehr.«

KAPITEL EINS

Gegenwart: Arcadia, Florida

*A*indreas Lyall sah von seinem Frühstück auf. »Du nimmst sie mit in die Stadt«, sagte er zu seinem jüngsten Bruder Cailean. »Kauf ihr alles, was sie braucht.« Er lächelte und zwinkerte Elain zu. »Und alles, was sie will.« In der Woche seit ihrer Rückkehr aus Virginia hatte Elain Ain vom Haken gelassen. Sie zwang ihn nicht mehr dazu, mit seinem alten schottischen Akzent sprechen.

Außer, wenn sie richtig Lust darauf hatte.

»Aber ich möchte mit ihr einkaufen gehen«, jammerte der mittlere Bruder Brodey. »Warum kann ich sie nicht zum Einkaufen begleiten? Du hast gesagt, dass ich mit ihr einkaufen gehen könnte, wenn ich wollte.«

»Sie braucht Arbeitskleidung«, erklärte Cail geduldig, während er sich eine Tasse Kaffee einschenkte. »Wenn du mit ihr einkaufen gehst, würdest du sie wie eine Cowgirl-Stripperin nach Hause bringen.«

Elain Pardie kicherte, hielt sich aber aus der Diskussion zwischen den Drillingsbrüdern heraus, die zufällig auch ihre Partner waren. Brodey funkelte Cail an. »Und warum genau soll das ein Problem sein?«

Sie küsste Brodey. »Schatz, sie haben recht.« Sie starrte in seine unwiderstehlichen, grünen Augen. »Wenn du willst, kannst du Ende der Woche mit mir zum Einkaufen gehen, okay?«

Er sah aus, als würde er schmollen, zog sie aber in seine Arme und funkelte Ain an. »Okay.«

Ain verdrehte seine grauen Augen und lächelte Elain an. »Macht es dir etwas aus, wenn Cail dich heute begleitet, anstatt Brodey?« Als Brodey sie im Nacken küsste, lief ihr ein angenehmer Schauer der Lust über den Rücken. Wenn er so weitermachte, würde sie wahrscheinlich wieder mit ihm im Bett landen.

Sie spürte, wie Brodey tief und leise knurrte und seinen Unmut zum Ausdruck brachte, woraufhin sie ihm sanft auf den Arm schlug. »Hör auf. Benimm dich. Du kannst mich ein andermal verwöhnen.«

Sein leises Knurren verwandelte sich fast sofort in amüsiertes Lachen.

Am Anfang ihrer Beziehung hatten die Alpha-Drillinge ihr geschworen, sie zu lieben und zu verwöhnen, und daran hatten sie sich bisher zweifelsfrei gehalten.

Alle drei Männer waren gut aussehend und sahen fast identisch aus. Sie hatten pechschwarzes Haar, das noch keine Spur von Grau zeigte und sahen aus, als wären sie um die dreißig - nicht zweihundertachtunddreißig. Ihre Körper waren schlank, muskulös und zum Dahinschmelzen. Der älteste Drilling, Prime-Alpha Aindreas, hatte durchdringende graue Augen und die Macht, Erlasse auszusprechen, an die sich alle halten mussten. Doch er hatte schnell gelernt, diese vorschnellen und altmodischen Erlasse vorher mit allen zu besprechen und zu mildern. Beta-Alpha Brodey hatte unwiderstehliche grüne Augen und hielt Elain mit seiner verspielten Art immer auf Trab.

Vor allem, wenn sie den Fehler machte, sich vor ihm zu bücken. Gamma-Alpha Cailean hatte braune Augen und einen Blick, in dem Elain oft seine Gefühle ablesen konnte. Er war ihr nachdenklicher Mann - der Mann, an den sich Aindreas normalerweise wandte, wenn er Rat brauchte. Der Altersunterschied zwischen Ain von Cail betrug nur fünf-zehn Minuten.

Obwohl sie legal nur einen der Gestaltwandler heiraten konnte - nämlich Ain, weil er der Älteste und der Prime war - war sie mit allen dreien verpaart und für alle drei die Eine.

Und was für ein Glück sie mit ihnen hatte, trotz ihres holprigen Starts. Gott, vor nicht einmal einem Monat!

Ain funkelte Brodey an. Er hatte das Knurren seines Bruders gehört. »Willst du das draußen regeln? Oder gibst du auf?«

Elain packte Brodeys Arme fest und weigerte sich, ihn loszulassen. »Ihr Jungs werdet doch nicht schon so früh am Morgen einen Streit anfangen, oder?« Sie legte den Kopf in den Nacken, um Brodey anzusehen. »Bitte?« Um ihn um den Finger zu wickeln, zog sie einen verführerischen Schmollmund.

Daraufhin lachte Brodey wieder und umarmte sie fest. »Oh Gott, nein. Alles gut.« Er wandte sich an Ain. »Entschuldige.«

Ain nickte und wandte sich wieder seinem Frühstück zu. »Danke schön.« Elain atmete erleichtert auf. Bevor sie in ihr Leben getreten war, war es anscheinend nicht ungewöhnlich gewesen, dass die Alpha-Brüder Streitigkeiten mit ihren Fäusten regelten. Ihr war klar, dass das ein Teil von ihnen war, mochte es aber nicht.

Die Männer hatten ihr versichert, dass sie nicht mehr

arbeiten müsste, wenn sie nicht wollte, und anfangs hatte sie sich dagegen gewehrt, ihren hart verdienten Job bei einem Fernsehsender aufzugeben. Schließlich hatte sie sich den Arsch aufgerissen, um Reporterin zu werden.

Doch letzte Woche hätte sie Ain fast verloren. Ihm war klar geworden, wie unglücklich er sie gemacht hatte, indem er sie dazu gebracht hatte, ihren Job zu kündigen. Elain war nach Spokane abgehauen, um Zeit mit ihrer Mutter zu verbringen, und daraufhin hatte Ain sich verwandelt, war weggerannt und hatte versuchte, sich von einem Auto überfahren zu lassen, um so seine Bindung zu Elain zu beenden. Denn nur so konnten seine Brüder glücklich mit ihr sein.

Glücklicherweise war sein Plan nicht aufgegangen. Er war verletzt in einem Tierheim gelandet, und als ein Hurrikan über Arcadia hinwegfegte, wurden er und die anderen Tiere in ein Tierheim in Virginia evakuiert. Dort hatte Elain ihn schließlich aufgespürt und gerettet, bevor er eingeschläfert werden konnte. Als Ergebnis dieses Fiaskos hatten sowohl Ain als auch Elain ihre Einstellung überdacht. Elain hatte widerwillig einsehen müssen, dass ihr Beruf als Fernsehreporterin nicht gerade der beste Beruf war, wenn man versuchte, eine Beziehung zu drei Gestaltwandlern geheim zu halten. Und sie hatte sich schrecklich gefühlt, sobald sie nicht in ihrer Nähe war.

Nachdem sie den reumütigen Ain im Tierheim in Roanoke aufgespürt hatte, hatten die beiden beschlossen, dass sie den Männern sechs Monate Zeit geben würde, die Dinge auf ihre Weise zu tun. Wenn sie am Ende der sechs Monate immer noch arbeiten wollte, am besten in einem unauffälligen Job, würde sie das machen können.

Aber den ganzen Tag nichts zu tun, machte sie verrückt und so hatte sie die Männer gebeten, ihr die Arbeit auf der Rinderfarm zu zeigen, sodass sie sich nützlich machen konnte.

Ironischerweise hatte Ain anfangs gezögert, aus Angst, sie könnte sich verletzen. Doch Brodey und Cail hatten sich auf Elains Seite gestellt und er hatte nachgegeben. Daher die heutige Einkaufstour.

»Wann gehen wir los?«, fragte sie. Brodey liebkoste weiterhin ihren Nacken. Sie hatte sich noch nicht angezogen, trug noch ihren Bademantel und musste dringend duschen.

Cail nippte an seinem Kaffee. »Wahrscheinlich, nachdem Brodey damit fertig ist, dich zu bespringen«, sagte er mit einem Grinsen. Ain und Cail hatten bereits geduscht und sich angezogen. Brodey hatte ihr gemeinsames Bett zuerst verlassen, um zu frühstücken.

Jetzt wurde Elain klar, dass das wahrscheinlich die ganze Zeit sein Plan gewesen war. Brodey küsste erneut ihren Hals, aber dieses Mal erkannte sie sein leises Knurren als sein »Bitte fick mich«-Winseln. Brodey war wie ein verspielter und dauergeiler Welpe.

Sie spürte, wie sein steifer Schwanz durch seine kurze Hose gegen ihren Hintern drückte und er seine Hüften gegen sie rieb. »Bitte?«, flüsterte er.

Ain lachte. »Deine Entscheidung, Baby. Ich kann ihm befehlen, sofort mit der Arbeit anzufangen.« Brodey wimmerte leise gegen ihren Hals und brachte sie wieder zum Lachen. »Nein, tu das nicht«, sagte sie. Sie drehte sich um und legte ihre Arme um Brodeys Hals. »In Ordnung, du großes Baby. Wir können zusammen duschen und …« Schon hatte er sie über seine Schulter geworfen und war in Richtung Schlafzimmer losgerannt, sodass sie nur einen überraschten Schrei von sich geben konnte.

Cail und Ain lachten. »Bring sie zur großen Scheune, wenn du mit ihr fertig bist«, rief Cail. »Und lasst euch nicht den ganzen Tag Zeit, verdammt.«

Brodey knallte die Schlafzimmertür hinter ihnen zu und ließ sie aufs Bett fallen.

»Nächstes Mal will ich eine kleine Vorwarnung«, tadelte sie ihn.

Er stürzte sich auf sie, küsste sie und brachte sie so zum Schweigen. Aber wem machte sie etwas vor? Sie liebte es, so von ihnen begehrt zu werden. Sie hatte sich noch nie so sexy gefühlt.

Brodey arbeitete sich ihren Hals hinunter, seine Lippen und seine Zunge neckten und kitzelten sie, lösten angenehme Wellen der Lust in ihr aus. Er zog ihren Morgenmantel auf und küsste sie zwischen ihre Brüste. »Du weißt, dass ich mich bei dir nicht beherrschen kann. Du riechst immer so verdammt gut. Ich kann meine Finger nicht von dir lassen.«

Sie strich durch sein volles Haar, das ein wenig länger und etwas struppiger war als das seiner Brüder. »Wie rieche ich denn?«

»Sauber, süß. Wie frische Bergluft im Frühling.«

»Du findest also, ich rieche nach Weichspüler?« Er hielt inne, lachte dann und hob den Kopf. »Ähm, ich wollte noch nie eine Flasche Weichspüler ficken, Baby.«

»Das hoffe ich doch.«

Er liebkoste ihre linke Brust, neckte ihre Brustwarze mit seinen heißen feuchten Lippen, sodass sie hart wurde, und ließ ihr Verlangen immer größer werden. Er knabberte sanft daran, gerade genug, um zwischen ihren Beinen Wellen der Lust auszulösen, die sie nach Luft schnappen ließen und sie dazu brachten, ihre Hüften gegen ihn zu drücken. Er positionierte eines seiner Knie direkt zwischen ihre Beine und sie presste sich gegen ihn.

»*Mhm!*« Er hob den Kopf. »Das ist mein Mädchen.« Dann drückte er sein Knie etwas fester gegen sie, während er zu ihrer anderen Brust wechselte und dort das Ganze wiederholte.

Elain schloss die Augen und wackelte mit den Hüften. Sie

würde lügen, wenn sie sagen würde, dass ihr die Aussicht nicht gefiel, drei gut aussehende Kerle für den Rest ihres Lebens auf Abruf zu haben. Ihres jetzt extrem langen Lebens, dank der Paarung mit ihnen.

»Ich dachte, du wolltest duschen?«, fragte sie und rieb dabei immer noch ihre Hüften gegen ihn.

»Das werden wir. Danach.« Er arbeitete sich nach unten und sie stöhnte protestierend, als er sein Knie bewegte, um ihren Bauch küssen zu können. Daraufhin kicherte er und hob den Kopf. »Was ist los?«

Elain funkelte ihn an. »Du weißt ganz genau, was los ist.«

»Ich werde mich um dich kümmern, keine Sorge.«

Und sie wusste, dass er genau das tun würde. Jetzt packte er den Bund ihres Höschens mit seinen Zähnen und zog es herunter. Sie kicherte. »Zerreiß es nicht wie beim letzten Mal. Ich habe bald keine mehr.«

Er wackelte mit seinen Augenbrauen und ließ ihr Höschen los, dann glitt er mit seinen Fingern unter das Gummiband, um es über ihre Hüften zu schieben. »Vielleicht ist das ja genau mein Plan. Hast du daran schon mal gedacht?«

»Ich brauche einen Keuschheitsgürtel, wenn ich in deiner Nähe bin.«

Er warf ihr Höschen auf den Boden. »Ich würde mich verwandeln und das verdammte Ding durchbeißen. Nichts kann mich von dir fernhalten.« Dann ließ er seinen Kopf endlich auf ihren Schamhügel sinken und begann langsam, mit der Zunge ihre Klitoris zu bearbeiten.

Elain schloss die Augen und vergrub ihre Finger wieder in seinem Haar, dann packte sie es fester. Im Bett war er immer süß und zärtlich mit ihr, doch im Gegensatz dazu liebte er es, wenn sie etwas grober mit ihm umging. Je rauer, desto besser.

Er knurrte leise und drückte damit seine Freude aus. Im

Gegenzug schob er seine begnadete Zunge tiefer in sie und zog sie dann zurück, um wieder ihre Klitoris zu umkreisen. Er wiederholte genau das ein paar Minuten lang, neckte und verwöhnte sie, bis sie vor Verlangen nach Luft schnappte.

Brodey hob den Kopf. »Sag mir, was du willst«, flüsterte er.

»Lass mich nicht länger warten!«

Er küsste ihren Kitzler, stieß und leckte mit seiner Zunge, blies warme Luft über ihre Haut. »Habe ich dich jemals warten lassen, Baby?«

Sie öffnete ein Auge und funkelte ihn an. Er lachte. »Okay.« Dann beugte er sich wieder über ihre gespreizten Beine, diesmal bearbeitete er ihren Kitzler kraftvoller und schneller. Als er spürte, dass sie kurz vor dem Höhepunkt war, nahm er ihn ganz in den Mund und saugte sanft.

Sie schrie auf, als der Orgasmus über sie rollte, riss an seinem Haar und klemmte seinen Kopf zwischen ihre Schenkel, sodass er nicht aufhören konnte, bis sie fertig war. Nachdem Elain sich kraftlos auf das Bett zurückgeworfen und ihren Griff um ihn gelöst hatte, legte er sein Kinn auf ihren Bauch und sah sie an.

»Alles okay?«

»Mehr als okay.«

Er setzte sich auf und schlüpfte aus seiner kurzen Hose, wodurch sein steifes Teil entblößt wurde. Es war banal und klischeehaft, aber sie liebte den Anblick der Schwänze ihrer Männer. Alle drei hatten wunderschöne Schwänze. Nicht monströs, aber mit genau der Länge und dem Umfang, um sie auszufüllen und in den Wahnsinn zu treiben.

Er kniete sich zwischen ihre Beine und hob ihre Füße an seine Schultern. Dann küsste er erst den einen Knöchel, dann den anderen. »Lust auf einen wilden Ritt?«

Sie grinste. »Spring auf, Cowboy.«

»Yee ha!« Er stieß seinen Schwanz in sie hinein und

lehnte sich weit genug nach vorn, um ihre Schenkel gegen ihren Körper zu drücken. »Ich werde dich schnell und hart ficken, Baby.«

Sie packte seine Arme und hielt ihn fest. Es hatte nicht lange gedauert, um herauszufinden, was Brodey gefiel. Hart und schnell oder zärtlich und verspielt. Dazwischen gab es nicht viel, weil er kein komplizierter Mann war. Jetzt war er zweifellos für hart und schnell aufgelegt. Sie starrte ihm in die Augen, während er immer wieder bis zum Anschlag in sie eindrang.

Zu wissen, dass sie die einzige Frau auf der Welt war, mit der er für den Rest seines Lebens schlafen würde, ließ ihr Herz höherschlagen. Sie griff nach oben und packte sein Haar erneut, zog ihn noch näher. »Fick mich hart, Baby. Gib es mir mit deinem perfekten Schwanz.«

Er schloss stöhnend die Augen und seine Stöße wurden immer schneller. Sie nahm sein Ohrläppchen in den Mund und biss fest zu, woraufhin er ein Freuden- und Schmerz- geheul ausstieß und augenblicklich kam. Dann brach er atemlos und keuchend auf ihr zusammen. Elain befreite ihre Beine und schlang sie um seine Taille, um ihn an sich zu pressen. Sein Haar hielt sie noch immer fest in der Hand.

»Brauchst du einen Moment, Baby?«, schnurrte sie und leckte an der Seite seines Halses bis zu seiner Schulter hinab, wo sie ihn sanft biss. Augenblicklich fühlte sie seinen Schwanz in sich zucken. Er konnte von den drei Brüder am schnellsten wieder loslegen, ihr dauergeiler Welpe.

»Fordere mich nicht heraus«, murmelte er, immer noch ein wenig berauscht von seinem Orgasmus.

Sie presste ihr Becken gegen ihn. »Und wenn ich es doch tue?« Sie küsste seine Schulter, dann biss sie wieder zu.

Er stöhnte - tief, fast ein Knurren -, aber sein Schwanz wurde sofort wieder hart in ihr. »Verdammt«, flüsterte er, seine Hüften begannen langsam, sich gegen ihre zu bewegen. »Was du mit mir machst … Herrgott, Baby!«

»Zeig mir, was du kannst.«

Er hielt sein Gesicht an ihren Hals gedrückt, während er seine Hüften gegen ihre drückte, sich Zeit nahm und es genoss. »Glaubst du, du kannst noch mal kommen?«, murmelte er.

»Nein, hab du deinen Spaß.«

»Mmm …« Er ließ sich Zeit, um seinen zweiten Höhepunkt langsam anrollen zu lassen.

Elain liebte es, mit ihnen zu schlafen, vor allem wenn sie alle zusammen waren und die anderen Männer sie hielten oder berührten. Die Vorstellung daran weckte nach ein paar Minuten ihr eigenes Verlangen. »Vielleicht habe ich meine Meinung geändert«, flüsterte sie ihm ins Ohr.

Er hielt inne. »Was?«

»Ich will doch noch mal.«

Er rollte sich auf den Rücken, ohne sie dabei loszulassen. »Setz dich auf, Baby.«

Sie folgte seiner Anweisung, ließ ihren Bademantel von ihren Schultern gleiten und aufs Bett fallen. Dann begann er, ihren Kitzler mit seinem Daumen zu streicheln. »Schau mich an.« Elain öffnete ihre Augen und verlor sich in Brodeys verführerischem Blick. »Komm für mich.«

Sein Schwanz erreichte aus diesem Winkel genau die richtigen Stellen in ihr. Sie wiegte ihre Hüften und genoss seine Berührung von innen als auch die von außen. Dann begann sie, seine Brustmuskeln mit ihren Händen zu streicheln und mit den Nägeln sanft zu kratzen. Mit seiner freien Hand griff er nach oben und zwickte eine ihrer Brustwarze, drückte sie sanft zwischen seinen Fingern, bevor er sich die andere vornahm. Das löste pulsierende Wellen der Lust zwischen ihren Beinen aus und brachte sie immer näher zum Höhepunkt.

Als er zwei Finger benutzte, um ihre Klitoris sanft zu zwicken, explodierte sie, ihre Muskeln zogen sich um seinen Schwanz zusammen. Das war genau der richtige Moment für ihn, ihre Hüften zu packen und hart zuzustoßen.

»Oh Gott, ja!«, stöhnte er. Sie brach auf ihm zusammen, ihre erschöpften Körper waren feucht vom Schweiß. Er wiegte sie in seinen Armen und strich mit seinen Fingern über ihr Rückgrat. »Du hast keine Ahnung, wie sehr ich dich liebe«, murmelte er.

Sie küsste sein Kinn. »Doch, ich glaube schon.«

Elain war gerade dabei einzuschlafen, als er sie auf die Seite rollte. »Ich störe dich wirklich nur ungern, Schatz, aber wir müssen aufstehen. Ain und Cail warten.«

Sie drückte sich gegen ihn. »Noch fünf Minuten«, murmelte sie. »Du schuldest mir etwas.«

Er kicherte. »Okay.«

Nach einer kleinen Weile stieß er sie sanft an. »Schatz, wir müssen wirklich aufstehen.«

»Du hast mir fünf Minuten versprochen.«

»Ähm, ja, das war vor einer Stunde.«

Sie wollte gerade protestieren, setzte sich dann aber erschrocken auf und sah auf die Uhr. »Oh Scheiße!« Elain sprang von ihm herunter und rannte in die Dusche. »Du solltest mir doch nur fünf Minuten geben!«

Sie hörte, wie er aufstand und ihr ins Badezimmer folgte. »Du warst so entspannt, und ich bin auch kurz eingeschlafen.«

Die Dusche wurde schnell wärmer und als er nach seinem Elektrorasierer griff, drehte sie sich um und schlug ihm auf die Schulter. »Du musst es ihnen erklären. Ich will nicht deinetwegen Ärger mit Ain bekommen.«

Er zog sie fest an sich und küsste sie. Das Gefühl seiner Lippen auf ihren ließ sie jedes Mal schneller schmelzen als Vanilleeis in der Mikrowelle.

»Beruhige dich, ist schon okay. Es wird ihnen nichts ausmachen.« Er ließ sie los und als sie sich umdrehte, fuhr er mit der Hand über ihren Hintern. »Ich komme auch unter die Dusche.«

* * *

DIE MÄNNER BESAẞEN DIE RINDERFARM, eine dreitausend Hektar große Ranch außerhalb von Arcadia, Florida. Sie waren kein Molkerei- oder Fleischproduktionsbetrieb, sondern züchteten und produzierten seltene, preisgekrönte und hochwertige Zuchttiere, die sie im ganzen Land verkauften.

Cail verdrehte dramatisch die Augen und hob den Arm, um auf seine Uhr zu deuten, als Brodey und Elain dreißig Minuten später bei der großen Scheune ankamen.

Noch bevor Elain aus dem Truck gestiegen war, deutete sie auf Brodey und schickte einen Gedanken an Cail. *»Es ist alles seine Schuld!«* Obwohl sie so mit allen drei Männern »reden« konnte, schien die Gedankenverbindung zu Cail am stärksten zu sein.

Cail lächelte und schüttelte verschmitzt den Kopf. *»Natürlich ist es das.«* Ain kam ebenfalls aus der Scheune, um sie zu begrüßen und sah die beiden mit hochgezogener Augenbraue an. *»Hm.«*

Brodeys Gesicht wurde rot. »Entschuldigung. Bin einge-schlafen.«

»Äh, okay. Dafür darfst du heute trächtige Kühe untersuchen.«

Brodey verzog das Gesicht. »Grrroßartig.«

Elain kicherte. »Und vergiss nicht, die Hände zu waschen, bevor du zum Mittagessen kommst.«

»Hahaha.« Brodey küsste sie ein letztes Mal. »Egal.« Er grinste sie an. »Es hat sich gelohnt.«

Cail hielt ihr die Tür seines Wagens auf und sie fuhren durch das Nordtor in Richtung Arcadia. Die Ranch in DeSoto County war der perfekte Ort für die drei Gestaltwandler, um so viel Privatsphäre zu haben, wie sie wollten. Aufgrund des abgelegenen Standorts wurde die Ranch auch häufig von anderen Gestaltwandlern aus der Gegend für Zeremonien und andere »offizielle« Gestaltwandler-Veranstaltungen genutzt.

Elain liebte Arcadia. Es war eine kleine, alte Stadt in Florida, die alles hatte, was man brauchte. Sie lag gerade weit genug von der Küste entfernt, um nicht von Touristen überrannt zu werden, außer, wenn Rodeos stattfanden. Cail bog auf den Parkplatz eines großen Geschäfts für landwirtschaftliche Ausrüstung und Bekleidung ein. Alles, was Elain hatte, waren Jeans und Turnschuhe, und die Männer wollten, dass sie Arbeitsstiefel und richtige Arbeitskleidung trug, wenn sie auf der Ranch arbeitete.

Zwei Stunden und eine viel benutzte Kreditkarte später trug Cail mehrere große Tüten mit ihrer neuen Arbeitsausrüstung zu seinem Wagen. Elain wollte ihm folgen, doch da entdeckte sie einen Ladeanhänger, der an einen großen Wagen auf dem Parkplatz gekoppelt war. Darin standen zwei Pferde, ein Schecke und ein Appaloosa.

Elain ging hinüber, wo die Nase des Schecken aus der Seite ragte. »Sie sind wunderschön.« Da erregte eine Bewegung auf der anderen Straßenseite ihre Aufmerksamkeit und sie blickte hinüber. Vor einem Café sah sie einen älteren Mann stehen, der aufmerksam in ihre Richtung starrte. Er sah nicht wie ein Einheimischer aus, trug keine Jeans und ein Arbeitshemd, sondern eine scheinbar maßgeschneiderte Anzughose aus Wolle und einen Frack.

Kein Einheimischer würde sich im August in Florida jemals so anziehen.

Cail hatte bemerkt, dass Elain nicht hinter ihm war und

kam nun zu ihr herüber. Als er neben sie trat, warf sie ihm einen Blick zu und sah dann wieder über die Straße.

Der Mann war weg und sie musste sich kurz schütteln, um die Gänsehaut loszuwerden.

Cail streckte die Hand aus. Das Pferd schnupperte an ihm. »Ich dachte, Pferde hassen Werwölfe«, scherzte sie.

»Gestaltwandler. Und dieser Film war totaler Quatsch.«

»Aber ich liebe James Spader.«

Cail schnaubte. »Angeber«, grummelte er leise.

Elain lächelte. »Das ist süß. Du bist eifersüchtig. Das hätte ich eher von Ain oder Brodey erwarten.« Sie streichelte die samtweiche Schnauze des Pferdes ein letztes Mal. »Kannst du mir das Reiten beibringen?«

»Das würde ich, wenn wir Pferde hätten.«

»Was meinst du damit, wenn?« Sie wusste nicht viel über die Ranch, aber sie war davon ausgegangen, dass sie irgendwo Pferde stehen hatten. Er zuckte mit den Schultern. »Früher. Vor Jahren. Dann haben wir Quads gekauft, die wir stattdessen benutzen, wenn das Gelände steil oder holprig ist.«

»Oh.« Sie verspürte einen Stich der Enttäuschung, während sie zu den Pferden zurückblickte.

Er hielt die Beifahrertür für sie auf und sie stieg ein. »Möchtest du, dass Daddy dir ein Pony kauft, kleines Mädchen?« Er grinste sie verschmitzt an.

Ihr gefiel diese Seite an ihm, vor allem weil er sonst meistens ruhig und zurückhaltend war. »Mach dich nur lustig.«

»Du hast meine Frage nicht beantwortet.«

»Meinst du das ernst? Du würdest mir wirklich ein Pferd kaufen?«

Er beugte sich vor und küsste sie. »Baby, ich würde die Hälfte von Ocalas Vollblut-Zuchtbestand aufkaufen, wenn es dich glücklich machen würde.«

* * *

SIE FUHREN ZURÜCK ZUR RANCH, wo Ain und Brodey sie zum Mittagessen im Haus erwarteten. »Hattest du Spaß beim Einkaufen?«, fragte Ain. Sie wich Brodeys Versuch aus, einen Arm um ihre Taille zu legen und sie näher zu ziehen. Immer wenn er sie zu lange in die Finger bekam, landete sie mit ihm im Bett. »Cail hat gesagt, dass wir fürs Erste alles haben, was ich brauche.« Sie begann, Sandwiches für die Männer zu machen und funkelte dann Brodey an. »Hast du dir die Hände gewaschen?«

Er hielt sie hoch. »Schau, Mama, alles sauber.«

Sie schlug ihm auf die Schulter. »Du Klugscheißer. Dafür kannst du morgen mit mir nach Venice fahren, um mehr von meinen Sachen zu holen.« Sie hatte sich Zeit gelassen, ihre Sachen von zu Hause herzubringen und wollte das Haus noch nicht verkaufen, falls ihre Mutter sich entscheiden sollte, zurück nach Florida zu ziehen. Ain hatte die Hypothek bereits für sie bezahlt und ihre Mutter könnte dort wohnen, wenn sie wollte. Elain hoffte, dass sie sich dafür entscheiden würde, wenn sie zur Hochzeit nach Florida kam.

So wäre sie in der Nähe, aber nicht zu nah.

»Eine Gelegenheit, mit meiner Prinzessin allein zu sein? Stets zu deinen Diensten«, antwortete Brodey mit einer schwungvollen, übertriebenen Verbeugung.

»Wenigstens bist du für etwas gut«, fauchte Cail.

Elain funkelte ihn an. »Warum hackst du immer auf ihm herum?«

»Ist schon okay, Baby«, versicherte ihr Brodey. »Ich bin es gewohnt. Er ist nur eifersüchtig, weil er das Baby ist.«

Cail ignorierte ihn. »Wir haben alle unseren Platz«, erklärte er. »Ich bin der Schlaue, Ain ist der Prime-Alpha.«

»Und was soll ich dann sein?«, protestierte Brodey.

»Der Loser«, witzelte Ain mit einem verspielten Grinsen.

»Ich wollte Schoßhündchen sagen«, sagte Cail, »aber okay, Loser geht auch.« Elain verdrehte die Augen und umarmte Brodey. »Keine Sorge, ich liebe dich.« Er schlang seine Arme um sie und funkelte seine Brüder an. »Ich bin die Muskelkraft unter uns dreien, das habt ihr schon oft gesagt. Wie oft habe ich schon eure Ärsche gerettet?«

Cail und Ain sahen sich an und lachten wieder. Ain schüttelte den Kopf. »Ja, und wie oft haben wir schon deinen Arsch gerettet?«

Brodey liebkoste ihren Hals. »Möchtest du mit mir zurück in die Scheune kommen, damit ich dir ein paar Dinge beibringen kann?«

»Ich werde mich gleich umzuziehen.« Sie blickte ihn mit leicht besorgtem Gesichtsausdruck an. »Aber ich muss keine trächtigen Kühe untersuchen, oder?«

Er lachte. »Nein, Süße, das würde ich dir nicht antun.«

»Gut.«

Als sie an ihm vorbeiging, schlug er ihr spielerisch auf den Hintern.

Nach dem Mittagessen ging Cail in sein Büro, Ain folgte ihm einen Moment später.

»Wir müssen noch den ganzen Papierkram für sie erledigen«, sagte er zu Cail.

Cail nickte und deutete auf einen Stapel Papiere. »Schon dabei. Sie hat mir neulich alle ihre Unterlagen gegeben, ich bereite sie für Katherine vor.« Ihre Anwältin, die schon seit vielen Jahren für sie arbeitete, war ihre Cousine, ebenfalls Gestaltwandlerin, und verstand die komplizierte Situation. Elain würde offiziell nur Ain heiraten, obwohl alle drei Männer Eheringe tragen würden.

Als Ain gerade nach einem der Formulare, Elains Geburtsurkunde, greifen wollte, hielt er plötzlich inne und berührte mit seinem Finger nur die Ecke des Papiers.

»Meinst du, wir sollten versuchen, ihre Geburtsfamilie für sie zu finden?«

Cail lehnte sich stirnrunzelnd zurück. »Warum?«

Ain zuckte mit den Schultern, hob das Papier aber nicht auf. »Ich wundere mich nur.« Elains leibliche Mutter hatte ihrer besten Freundin Carla das Sorgerecht für Elain übertragen, nachdem sie erfahren hatte, dass sie sterben würde. Damals war Elain noch ein Baby gewesen.

Elains Vater war abgehauen, nachdem er herausgefunden hatte, dass ihre Mutter mit einem Mädchen schwanger war.

»Über so etwas ›wundert‹ man sich nicht.« In diesem Moment kam Elain herein und küsste erst Ain, dann ihn.

»Soll ich heute Abend das Abendessen machen, Jungs?«, fragte sie.

Ain lächelte und zog sie für einen weiteren Kuss zu sich, während Brodey von der Tür aus zusah. »Nö, wir führen dich heute Abend aus. Wohin du willst.«

Nachdem Brodey und Elain sich auf den Weg zu den Scheunen gemacht hatten, wandte Cail sich wieder seinem Bruder zu. »Du ›wunderst‹ dich nicht einfach so. Was ist los?«

»Wahrscheinlich nichts.«

Cail verschränkte die Arme. »Bruder, lass es raus. Du bist vielleicht der Prime, aber das gibt dir nicht das Recht, mir Sachen vorzuenthalten.«

»Ich habe am Tag nach unserer Rückkehr aus Virginia mit Jocko gesprochen.«

»Du meinst nach dem Abend, an dem sie komplett durchgedreht ist, uns provoziert hat und sich von uns jagen lassen hat?«

Ain funkelte ihn an.

»Und?«, drängte Cail ihn.

»Ich war neugierig.«

Cails braune Augen verdunkelten sich. »Ain«, knurrte er, »lass den Scheiß.«

»Ich habe mich gefragt, ob vielleicht noch mehr dahintersteckt. Was ihre Vergangenheit betrifft. Es ist unmöglich, dass sie aus einer Gestaltwandlerfamilie stammt und es nicht weiß. Die Telepathie, wie sie neulich Nacht Alpha gespielt hat, indem sie vor uns weggelaufen ist und uns dazu gebracht hat, sie zu jagen. All das könnte ein Zufall sein, oder eine Reaktion darauf, dass wir alle drei Alphas sind. Das muss es sein.«

Cail griff nach ihrer Geburtsurkunde und studierte sie gründlich. »Aber sie ist adoptiert. Alles ist möglich.«

Ain lehnte sich in seinem Stuhl zurück. »Keine Gestaltwandlerfamilie würde zulassen, dass ein Gestaltwandler oder auch nur ein halber Gestaltwandler von irgendjemandem adoptiert wird. Jocko hat gesagt, dass es einen Gestaltwandler namens Liam Pardie gebe, der früher in der Gegend von Tampa gelebt hat. Er hatte anscheinend irgendetwas mit der Mafia zu tun und ist dann vor über fünfundzwanzig Jahren verschwunden. Er gehörte zu den Abernathys. Wenn Elain adoptiert ist, ist das nur ein Zufall, denn Pardie wäre nur ihr Adoptivname – was?«

Cails Gesicht war blass geworden. »Wie hieß der Typ?«

Ain griff nach dem Papier und zog es aus der Hand seines Bruders.

Vater – Liam Pardie.

»Scheiße«, knurrte Ain, während er auf das Papier starrte. »Okay, das ist ein Zufall«, wiederholte er, obwohl sich in seinem Magen ein fester Knoten gebildet hatte. »Liam ist ein weitverbreiteter Name. Außerdem ist Elain in Spokane aufgewachsen, oder?«

Cail schüttelte erneut den Kopf. »Nein. Ihre Adoptivmutter stammt von dort. Elain ist in Tampa geboren und aufgewachsen.«

Ain sah wieder auf das Dokument. Geburtsort – Tampa Community Hospital.

Der Name ihrer Mutter, Maureen Alexander, kam ihm vage bekannt vor. »Warum kommt mir ›Alexander‹ so bekannt vor?«, fragte Ain.

»Lina, Jan und Rick«, sagte Cail. »Nur sie werden so geschrieben A-L-E-X-A-N-D-R, kein zweites E.«

»Oh, stimmt.« Die beiden Drachenwandler und Lina, ihre … nun, was zum Teufel Lina auch war. Sie waren als Rudel adoptiert worden und lebten ein paar Stunden nördlich von der Ranch.

Brodey hatte Lina vor ein paar Jahren in Yellowstone das Leben gerettet, als …

»Lina hat das vorhergesagt«, flüsterte Ain. »Oh, Scheiße, das hätte ich fast vergessen. Sie hat vorausgesagt, dass wir Elain treffen würden.«

Cail lächelte schief. »Ein weiterer Grund, warum Brodey Elain folgen musste.«

»Hm.« Ain starrte auf das Papier. »Daran hättest du mich damals erinnern können.«

Die Männer saßen einen Moment lang schweigend da. Das *musste* ein Zufall sein, und zwar ein verrückter. Wie, wenn man zweimal hintereinander vom Blitz getroffen wird.

Das musste es einfach sein.

»Ain«, sagte Cail leise, »was bedeutet das?«

Ain schüttelte energisch den Kopf. »Es bedeutet einen Scheißdreck.« Er sah seinen Bruder an. »Du kannst Elain oder Brodey *nichts* davon sagen. Und auch sonst *niemandem*.«

»Was zur Hölle? Willst du mir ernsthaft befehlen, es für mich zu behalten?«

»Bis ich herausgefunden habe, was genau das alles bedeutet.«

Er sah wieder auf das Dokument. »Wenn – und das ist ein riesiges Wenn – sie mit den Abernathys verwandt ist …«

»Ach du Scheiße!«, keuchte Cail. »Diese Typen sind Arschlöcher! Sie sind kranke, verrückte Bastarde.«

»Ganz genau. Ich will keinen Stress erzeugen, wenn es nicht nötig ist. Deshalb möchte ich, dass es vorerst unter uns bleibt.« Er legte die Unterlagen auf Cails Schreibtisch. »Je eher wir ihren Namen in Lyall ändern können, desto besser. Sie hatten in der Vergangenheit noch nie Probleme mit uns und ich will auf keinen Fall ihre Aufmerksamkeit auf uns lenken.«

Ain verließ den Raum, sein Kopf brummte. Die Abernathys waren am Aussterben und die meisten Gestaltwandler, die in ihren Clan hineingeboren wurden, waren keine Alphas mehr. Wenn ein Mitglied es wagte, ohne die Zustimmung des Rates in den Clan einzuheiraten oder jemanden außerhalb zu heiraten, war das selbst heute noch eine Garantie für Kämpfe und blutige Auseinandersetzungen.

Er wählte Jockos Nummer, legte dann aber auf.

Jocko würde den Mund halten, aber wenn er anfing, herumzufragen, um mehr Informationen für Ain zu sammeln, könnte das ihre Aufmerksamkeit auf ihren Clan lenken, was es zu vermeiden galt.

Dann ging Ain zum Fenster und starrte hinaus. Sie hatten die Ranch schon seit über fünfzig Jahren. Vielleicht war es an der Zeit, sie zu verkaufen und zurück nach Maine zu ziehen, auf das Gelände des Clans, wo es sicherer war.

Wo der Clan helfen konnte, Elain zu beschützen, falls die Abernathys kommen sollten. Denn er würde auf keinen Fall zulassen, dass jemand seiner Gefährtin etwas antat oder sie ihnen wegnahm.

KAPITEL ZWEI

rodey und Elain brachen am nächsten Morgen nach Venice auf. Sie hatte in der Dusche ihr Bestes gegeben, seinen Händen auszuweichen und es geschafft, ihn konzentriert und bei der Sache zu halten. Unterwegs hielten sie an, um Umzugskartons und Klebeband zu kaufen, und verbrachten dann den Morgen damit, ihre Bücher und andere Sachen zusammenzupacken, die sie zur Ranch bringen wollte. Er achtete die ganze Zeit darauf, dass sie nichts Schweres tragen musste und schleppte alles selbst zum Wagen.

Bis zur Mittagszeit hatten sie die Ladefläche von Brodeys Truck fast komplett mit Kisten voller Kleidung und Bücher gefüllt. Es gab noch viel mehr, das sie mitnehmen wollte, aber das konnten warten.

»Ich lade dich zum Mittagessen ein, bevor wir nach Hause gehen, Baby. Hast du Lust?«

»Immer.«

»Wie wäre es mit dem Restaurant, an dem wir zum ersten Mal zusammen Mittag gegessen haben?«

Sie grinste. »Möchtest du das Ganze noch mal durchleben?«

Er wackelte mit den Augenbrauen. »Vielleicht.«

Elain konnte sich während der kurzen Fahrt zum Restaurant ein Lächeln nicht verkneifen. Nachdem sie sich damals zum ersten Mal gesehen hatten, waren Cail und Brodey ein paar Tage später unangekündigt beim Fernsehsender aufgetaucht, um sie zum Mittagessen einzuladen. Danach hatten die Männer auf dem Parkplatz einen kleinen Vorgeschmack von Elain bekommen, als Dessert sozusagen.

Bei dieser Erinnerung wurde ihr Höschen sofort wieder feucht.

Im Restaurant brachte die Empfangsdame sie zu einem freien Tisch und Elain wollte sich gerade die Speisekarte ansehen, als sie Brodeys verschmitztes Grinsen bemerkte. »Was du willst, steht nicht auf der Speisekarte«, flüsterte er.

Elain wurde rot, grinste aber. »Du kannst schon wieder meine Gedanken lesen, oder?«

Er lachte und legte seine Speisekarte auf den Tisch. »Nein. Ich muss deine Gedanken nicht lesen, um zu wissen, dass du an unser erstes Date gedacht hast.« Er griff über den Tisch und nahm ihre Hand. »Und jetzt gehörst du für immer uns.«

Als sie gerade antworten wollte, kam die Kellnerin auf sie zukam. »Hallo, ich bin Kimberlie und ich bin eure – *Brodey*!«

Er ließ Elains Hand los und sah schockiert zu ihr hoch. »Ähm, Kimmie. Lange nicht gesehen.« Er lehnte sich zurück und Elain zog schließlich ihre Hand zurück. »Wie geht es dir?«

Die Kellnerin lächelte und glitt neben Brodey auf den freien Platz, ohne Elain eines Blicks zu würdigen. »Gut. Mir geht es gut. Sehr gut, jetzt, wo ich dich sehe.«

Brodey schien sich endlich daran zu erinnern, dass seine

Gefährtin ihm gegenübersaß. »Ähm, Kimberlie, das ist Elain.«

Elain regte sich kurz über seine knappen Worte auf, bis ihr klar wurde, dass er die Wahrheit in Gegenwart von Nichtwandlern ein wenig verfälschen musste. Schließlich schien diese Frau Brodey gut genug zu kennen, um ihn problemlos von seinen Brüdern unterscheiden zu können. Offiziell würde sie schließlich nur Ain heiraten. »Freut mich, dich kennenzulernen«, murmelte Elain.

Kimberlie musterte Elain kurz von oben bis unten und richtete dann ihre Aufmerksamkeit wieder auf Brodey. »Gleichfalls. Hey, hör zu, ich bin froh, dass ich dich sehe. Hast du dieses Wochenende schon irgendwas vor, Schatz?« Sie setzte ein verführerisches Lächeln auf, das Elain ihr aus ihrem Gesicht kratzen wollte. »Meine Brüder haben gesagt, dass du immer noch Single bist.«

Er blickte besorgt zu Elain und dann wieder zu der Kellnerin. »Ähm, ja, also nein. Wir haben schon was vor, tut mir leid.«

»Wie wäre es mit nächstem Wochenende?«

»Ähm, das passt mir auch nicht. Vielleicht ein anderes Mal.«

Elain kämpfte gegen die brodelnde Wut an, die sie durchströmte. Sie spürte ein Knurren in ihrer Kehle aufsteigen und unterdrückte es. Und auch den Drang, die Zähne zu fletschen, konnte sie nur mit Mühe unterdrücken.

Was zur Hölle ist los mit mir?

Elain versuchte, rational und vernünftig zu denken. »Ich nehme einen Eistee«, sagte sie durch fest zusammengebissene Zähne.

Kimberlie nickte, sah aber nicht in ihre Richtung. »Kein Problem, kommt sofort. Und was möchtest du, Hübscher? Und wann können wir uns treffen?« Elain umklammerte mit beiden Händen die Kante ihres Stuhls und ließ erst los, als sie bemerkte, dass ihre Finger das Vinyl durchbohrt hatten. Anscheinend war sie seit der Paarung auch deutlich stärker geworden. »Ähm, weißt du, Kimmie, im Moment passt es mir wirklich nicht«, stammelte Brodey und blickte kurz in Elains Richtung. »Tut mir leid. Ist nichts Persönliches.«

Kimmie seufzte. »Oh, okay.« Sie beugte sich vor und gab Brodey einen Kuss auf die Nase. »Das Übliche für dich?«

Er nickte.

Beherrschung ... Beherrschung. Elain wusste, dass sie »offiziell« nur Ain heiraten würde und es deshalb seltsam wäre, wenn die anderen Brüder sie normalen Menschen als Ehefrau oder Verlobte vorstellen würden. Sie hatte bisher ein paar andere Gestaltwandler kennengelernt, und vor ihnen war die Wahrheit kein Problem und keine große Sache gewesen.

Diese Situation war das erste Mal, dass Elain mit ihrer Eifersucht konfrontiert war, und nichts tun konnte. Als Kimberlie aufstand und davoneilte, atmete Elain ein paar Mal tief durch, um sich zu beruhigen.

Brodey wirkte mehr als nervös und sah sie besorgt an. »Geht es dir gut, Baby?«, fragte er.

Sie nickte. »Ja.«

Dann beugte er sich vor. »Hey, es tut mir leid. Ich wusste nicht, dass sie hier arbeitet. Ich wusste nicht einmal, dass sie wieder in der Stadt ist. Wir können gehen, wenn du willst, im Ernst.«

Doch sie wollte es wie eine erwachsene Frau handhaben. »Nein, ist schon okay. Ich verstehe das. Du musst unsere Beziehung vor Leuten geheim halten, die die Wahrheit nicht kennen.«

Brodey lächelte, offensichtlich erleichtert über ihre reife Reaktion. »Ja.«

Kimberlie kehrte mit ihren Getränken zurück. »Wisst ihr schon, was ihr essen wollt?« Sie bestellten ihr Essen und

Elain beschloss, es darauf anzulegen. »Also, wie lange kennst du Brodey schon?«

Elain spürte, wie Brodey ihr gegenüber nervös wurde. Das Mädchen, das kaum alt genug aussah, um Alkohol bestellen zu dürfen, grinste. »Ach, seit Jahren. Meine Eltern sind kurz nach den Jungs nach Arcadia gezogen. Wir kennen uns schon ewig. Ich bin erst vor einer Woche wieder in die Stadt gezogen. Ich war ein paar Jahre weg.« Sie strich mit dem Finger über Brodeys Arm. »Nachdem dieser Typ mir vor ein paar Jahren das Herz gebrochen hat, musste ich erst mal weg, um Abstand zu gewinnen.«

Brodeys Gesicht verfärbte sich tiefrot.

In Elain brodelte die Wut wieder auf, doch sie schaffte es, ruhig zu bleiben. »Oh, wirklich?«

»Ja.« Kimberlie seufzte. »Dein dummer Bruder und seine scheiß Regeln.« Sie schlug Brodey auf die Schulter. »Ich habe immer noch vor, dich zu heiraten, Brodey Lyall. Ich muss nur Ain zur Vernunft bringen und ihn davon überzeugen, dass du mich heiraten darfst. Diesmal wirst du mich nicht so leicht los.« Sie zwinkerte Elain zu. »Ich bin seit Jahren hinter ihm her. Er ist viel zu gut im Bett, um ihn wieder gehen zu lassen. Niemand ist je an ihn herangekommen, was das angeht.« Sie fuhr mit ihren Fingern durch sein Haar, drehte sich dann auf dem Absatz um und ging davon.

Das hatte das Fass zum Überlaufen gebracht. Brodey sah nun so aus, als wollte er unter den Tisch kriechen und sterben.

Elain musterte ihn lange, bevor sie leise sprach. »Sie ist eine Gestaltwandlerin?«

Er schaute sich panisch um. »Sie ist keine von uns. Sie stammt zwar aus einer Wandlerfamilie, aber sie sind ganz anders als wir. Ihre Alphas haben keine auserwählten Gefährten, so wie wir. Sie sind Katzenwandler.«

Sie brauchte wieder ein paar lange, tiefe Atemzüge.

Wollte sie wirklich in einem überfüllten Restaurant einen Streit mit Brodey darüber haben, warum zum Teufel er der Frau nicht die Wahrheit darüber gesagt hat, wer sie war?

Und über Dinge wie Katzenwandler?

Stattdessen betrachtete Elain die Einrichtung des Restaurants. Sie schaute aus dem Fenster auf die vorbeifahrenden Autos. Sie musterte die anderen Gäste, die Dessertkarte auf dem Tisch und dann schließlich Brodey. »Ich brauche den Autoschlüssel. Ich muss meine Handtasche holen.«

»Ich hole sie dir«, bot er hastig an.

»Nein, ich hole sie selbst.« Elains ruhige, gleichgültige Stimme musste Brodey einschüchtern, denn er reichte ihr sofort den Schlüssel. In diesem Moment tauchte Kimberlie mit ihrem Essen wieder auf, doch sie konnte es nicht einfach auf den Tisch stellen und sie in Ruhe lassen. Sie musste sich für eine Minute neben Brodey setzen und mit ihm reden.

»Also, wann kann ich dich wieder sehen, Hübscher? Ich kann es kaum abwarten, weißt du?«

Er wurde rot und sah sich hilflos um. »Weißt du … ähm, gerade ist kein guter Zeitpunkt.«

Elain zwang sich zu einem Lächeln. »Ich bin in einer Minute zurück. Ich lasse euch beide allein, damit ihr reden könnt.«

Sie ging zum Auto, das von ihrem Tisch aus nicht zu sehen war, und stieg ein. Als Elains Handy fünf Minuten später klingelte, war sie bereits ein paar Kilometer vom Restaurant entfernt und fuhr in Richtung Arcadia. Sie drückte den Anruf weg, sodass ihre Voicemail drangang, ohne auch nur nachzusehen, wer der Anrufer war.

Arschloch!

Das war das Netteste, was ihr einfiel. Die Vorstellung, Brodey weiterhin gegenüberzusitzen, war unerträglich und machte sie nur noch wütender.

Er konnte sich von *Kimmie* nach Hause fahren lassen.

Sie schaltete ihr Handy aus.

Als sie eine Stunde später bei der Ranch ankam, fuhr sie rückwärts an die Veranda heran und ließ die Heckklappe herunter.

Ain und Cail kamen hinaus. Ain sah … nun ja, angepisst aus. »*Wo* warst du?«

»Venice. Mit Brodey. Wir waren bei mir zu Hause, um Sachen zu holen, das weißt du doch. Dann hat er mich zum Mittagessen eingeladen.« Sie schnappte sich eine Kiste, um sie hineinzutragen, aber Cail nahm sie ihr ab und stellte sie wieder auf die Ladefläche.

»Was ist passiert, Schatz?«, fragte Cail. »Warum hast du Brodey in Venice gelassen?« Er warf Ain einen besorgten Blick zu.

Sie zwang sich zu einem Lächeln. »Oh, ich habe ihn im Restaurant gelassen. Er hatte ein nettes Wiedersehen mit einer verdammten Kellnerin, mit der er früher zusammen war. Kimberlie. Ihr erinnert euch sicher an sie, oder? Anscheinend ist sie eine wirklich verdammt heiße Muschi, und Brodey hatte nicht die Eier, ihr zu sagen, dass ihr meine Gefährten seid! Und wisst ihr, was sie gesagt hat? Sie ist fest entschlossen, ihn zu heiraten.«

Es laut auszusprechen, machte den letzten Rest ihrer Selbstbeherrschung zunichte und sie brach in Tränen aus, schrie und schluchzte.

Ain ignorierte ihr Fluchen, während die beide Männer sie umarmten und trösteten.

»Liebling«, sagte Cail leise, »Brodey ist ein Vollidiot. Warum denkst du, nennen wir ihn so? Er denkt nicht nach, wenn es um solche Dinge geht. Deshalb ist er auch so anfällig für Probleme.«

»Ich meine«, jammerte sie, »ich könnte es verstehen, wenn sie ein Mensch wäre! Das hätte mich nicht gestört, weil ich weiß, dass wir vorsichtig sein müssen. Aber dann hat er mir gesagt, dass sie eine Gestaltwandlerin ist und weiß, was ihr alle seid. Als sie vor mir gesagt hat, dass sie ihn heiraten will, hat er sich nicht einmal die Mühe gemacht, ihr zu sagen, wer ich bin! Scheiße, ich bin so sauer!«

Ain stieß einen Seufzer aus und zog Elain zu sich, legte sein Kinn auf ihren Kopf, während er ihren Rücken streichelte. »Bleib du hier bei ihr«, sagte er zu Cail, »und ich hole Brodey.« Seine Stimme war fast ein Knurren, als er seinen Namen aussprach. »Ich werde mich auf dem Heimweg mit ihm unterhalten.«

»Gib ihm einen verdammten Arschtritt!«, schluchzte sie. Meine Güte, die verrückten Stimmungsschwankungen waren zurück. Sie dachte, sie hätten nach der Nacht, in der sie und Ain aus Virginia zurückgekehrt waren, aufgehört.

Aber jetzt wollte sie Brodey am liebsten den Kopf abreißen, obwohl sie rational wusste, dass sie überreagierte.

Zumindest sollte sie nicht so wütend sein.

Cail lachte. »Verdammt, Süße. Du musst wirklich sauer auf ihn sein.« Ain küsste sie und übergab sie dann Cail. »Ich bin gleich wieder da.« Er griff sanft nach ihrem Kinn und brachte sie dazu, ihn anzusehen. »Achte. Auf. Dein. Mundwerk.« Es gefiel ihm überhaupt nicht, wenn sie fluchte.

Sie wollte ihm gerade widersprechen, hielt dann aber inne. Es würde sich nicht lohnen, noch einen Streit anzufangen, wenn sie schon auf einen Bruder sauer war. »Tut mir leid.«

Er küsste sie wieder. »Ich weiß, dass du sauer bist, Baby. Und das ist okay. Das bin ich auch.« Seine Stimme wurde wieder kalt. »Ich werde es stattdessen an Brodey auslassen. Vor allem, weil er der Grund dafür ist, dass du dich so fühlst.«

* * *

AIN FAND Brodey auf einer Bank vor dem Restaurant sitzen, und als er auf den Beifahrersitz stieg, mied er Ains wütenden Blick. Ain fuhr um das Restaurant herum und parkte auf dem Parkplatz des Einkaufszentrums hinter dem Gebäude.

Nach einigen Minuten der Stille knurrte Ain ihn an. »Also?«

»Also was?«

»Willst du mir erklären, was zum Teufel passiert ist?«

Brodey wurde rot und erzählte ihm, was passiert war. Als er seine Geschichte beendet hatte, schüttelte Ain den Kopf und fluchte. »Was zum Teufel hast du dir dabei gedacht?«, fragte er. »Warum hast du Kimberlie nicht gleich gesagt, was los ist und wer Elain ist?«

Er zuckte mit den Schultern. »Ich ... konnte einfach nicht. Ich konnte es ihr nicht sagen. Nicht so.«

Ain sah aus dem Fenster und brauchte einen Moment, um sich zu sammeln. »Es tut mir leid. Ich weiß, es war beschissen von uns, dich damals zu zwingen, mit ihr schluss-zumachen. Aber du wusstest genauso gut wie ich, dass es mit ihr nie funktioniert hätte. Jetzt, wo so viele Jahre vergangen sind und wir Elain haben, kann ich dir ja sagen, dass Cail und ich sie nicht ausstehen konnten. Überhaupt nicht. Sie ist ungelogen einer der nervigsten Menschen auf diesem Planeten.«

Brodey nickte und fummelte an seinen Fingernägeln.

Also versuchte Ain es erneut. »Sie ist eine Katzenwandle-rin. Wenn ich dich nicht dazu gebracht hätte, mit ihr Schluss zu machen, hätte sie Jahre damit verbracht, unsere Versuche zu sabotieren, jemand anderen zu finden. Katzenwandler haben keine Auserwählten, also verstehen sie dieses Konzept nicht. Und das *weißt* du.«

Brodey nickte erneut.

Ain fluchte. »Herrgott, Brod, wir haben jetzt Elain! Du

liebst sie! Du bist derjenige, der sie aufgespürt hat, verdammt!«

»Ich weiß«, sagte er leise.

Ain schloss die Augen. »Ich weiß, dass du Kimberlie geliebt hast, und es tut mir leid. Aber verdammt, du bist nicht der Einzige, der eine Frau verlassen musste, weil sie nicht unsere Eine war, und das weißt du ganz genau.«

Brodey nickte. »Ich weiß.« Er schaute aus dem Beifahrerfenster und weigerte sich, weiterzusprechen.

Also ließ Ain den Motor an und fuhr nach Hause. In der Nähe von Nocatee sah Brodey ihn an. »Wie wütend ist sie?«, fragte er leise.

»Sehr. Sie hat mich gebeten, dir einen Arschtritt zu geben. Du musst es wiedergutmachen. Ich werde mich da nicht einmischen.«

»Verdammt.« Er holte tief Luft. »Ich werde es ihr erklären, ihr die ganze Geschichte erzählen, damit sie es versteht.«

»Nein, wirst du nicht. Nicht so.«

Brodey schlug mit der Faust auf das Armaturenbrett. »Was zur Hölle willst du dann von mir? Ich soll es wiedergutmachen, aber ich darf ihr nicht die Wahrheit sagen? Ich kann sie nicht anlügen, das weißt du!«

Ain trat auf die Bremse und fuhr an den Straßenrand. »Also gut, mal sehen, wie das Gespräch verläuft: ›Hey, Elain, es tut mir leid, aber sie ist die Frau, in die ich unsterblich verliebt war, weil sie die Eine für mich war, bevor wir dich kennengelernt haben. Der einzige Grund, warum ich nicht mit ihr zusammen bin, sondern mit dir, ist, weil Cail und Ain sie nicht leiden können.‹ Erzähl mir unbedingt, wie dieses Gespräch endet, denn ich will nicht in der Nähe sein, wenn sie das hört. Ich möchte auf keinen Fall, dass du ihr so das Herz brichst.«

Brodey fluchte und schlug wieder auf das Armaturen-brett. »Scheiße!«

»Ganz genau.« Er beugte sich vor. »Willst du wirklich derjenige sein, der ihr erklärt, dass sie für keinen von uns die erste Wahl war? Alles, was zählt, ist, dass sie jetzt unsere Eine ist, und das auch für immer bleiben wird. Die Vergangenheit spielt keine Rolle mehr, oder?«

Brodey lehnte sich zurück und schloss die Augen. »Du hast recht.«

»Bitte bring mich nicht dazu, deshalb einen Erlass auszu-sprechen und dich zu zwingen. Sie weiß, dass es in unserer Vergangenheit Frauen gegeben hat. Verdammt, wir hatten schon andere Frauen, da war sie noch nicht mal geboren. Es gibt keinen Grund, ihr mit Details wehzutun. Sie ist die einzige Frau, die jetzt zählt. Sie gehört uns. Uns allen. Die letzte und einzige Frau, die wir jemals lieben werden.«

* * *

Zu Hause gab sich Elain alle Mühe, Brodey zu ignorieren. Als er versuchte, ihren Arm zu nehmen und sie dazu zu bringen, ihn anzusehen, machte sie sich mit einem hasserfüllten Blick von ihm los und Ain glaubte, ein Knurren gehört zu haben.

Ain mischte sich sofort ein und blockierte Brodeys den Weg, als er versuchte, ihr ins Schlafzimmer zu folgen, wo sie die Tür zuschlug.

»Nicht«, flüsterte Ain. »Lass sie in Ruhe.«

»Wie soll ich mich bei ihr entschuldigen, wenn sie nicht lange genug stehen bleibt, um mir zuzuhören!«

»Darüber hättest du nachdenken sollen, bevor du ihre Gefühle verletzt hast. Lass sie erst mal in Ruhe. Gib ihr etwas Zeit, um sich zu beruhigen.«

In dieser Nacht schlief sie auf dem Sofa in Cails Büro ein,

während er am Computer arbeitete. Nach Rücksprache mit Ain beschlossen die beiden Männer, sie dort schlafen zu lassen und legten eine leichte Decke über sie.

Brodey wollte sie ins Bett tragen.

»Lass sie in Ruhe, Brod«, warnte Cail ihn. »Wenn sie sich beruhigt hat, wird sie mit dir reden. Sie braucht Zeit, um diesen Scheiß zu verarbeiten.«

Daraufhin ging Brodey zur Hintertür hinaus. Als Cail ein paar Minuten später nach ihm sehen wollte, stellte er fest, dass Brodey sich verwandelt hatte und offensichtlich etwas durch die Dunkelheit rennen wollte. Cail brachte die Kleider seines Bruders hinein und sah Ain an. »Hoffen wir, dass er nicht beschließt, sich von einem Auto anfahren zu lassen, wie jemand, den ich kenne.«

»Fick dich«, sagte Ain mit einem Schmunzeln. »Ich habe meine Lektion gelernt. Es ist an der Zeit, dass er seine lernt.«

Ain und Cail machten sich fürs Bett bereit. Brodey würde schon zurückkommen, sobald er sich abgeregt hatte. Während Cail sich auszog und unter die Decke schlüpfte, fragte er: »War das Einbildung, oder hat sie Brodey vorhin angeknurrt?«

Ain streckte sich auf dem Bett aus und legte die Arme hinter seinem Kopf. »Das war keine Einbildung.«

Cails Schweigen verriet Ain, dass sein Bruder nachdachte. »Vieles deutet darauf hin, dass sie von Gestaltwandlern abstammt«, sagte Cail schließlich. »Ich weiß.«

Wieder ein langes Schweigen. Cail rollte sich auf die Seite und sah Ain an. »Sie hat sich neulich wie Mary verhalten, als sie uns dazu gebracht hat, sie zu jagen.« Ihre Cousine Mary war eine Alpha-Wandlerin, die sich bei ihrer Zeremonie einen verdammt guten Kampf mit ihrem Zukünftigen geliefert hatte. Trotzdem hatte sich ihr Partner durchgesetzt, und nun waren sie schon seit mehreren Jahrzehnten glücklich zusammen. In der Nacht, als Elain und Ain aus Virginia zurückgekommen waren, hatte Elain versehentlich Ains Alpha-Instinkt ausgelöst, woraufhin er sofort wollte, dass sie sich ihm unterwirft. Das Ganze war eskaliert und sie hatte auch Brodey und Cail dazu gebracht, sie zu verfolgen.

Danach hatte sie zugegeben, dass ein Instinkt in ihr überhandgenommen hatte, und dass sie spüren konnte, dass ihr Verlangen nur vorübergehend gestillt war.

»Ich weiß«, sagte Ain.

Cail musterte das Gesicht seines Bruders aufmerksam. »Denkst du, was ich denke?«

»Wahrscheinlich.«

»Wir müssen nach Maine und sie zu Lacey bringen.« Die Seherin ihres Clans war eine alte, grauhaarige Frau, die Gerüchten zufolge weit über neunhundert Jahre alt war. Wenn Wandler in ihrem Clan Welpen hatten, brachten sie sie zur Seherin, damit sie ihnen sagen konnte, ob sie Alphas waren oder nicht, oder ob sie überhaupt Wandler waren. Sie würde auch sehen können, ob in Elain Wandlerblut steckte oder ob ihr seltsames Verhalten auf ihre Paarung mit drei Alphas zurückzuführen war.

Ain rollte sich weg von Cail auf die Seite. »Das machen wir nach der Hochzeit. Lass uns zuerst diese verrückte Phase überstehen.«

»Vielleicht hast du recht«, sagte Cail. »Vielleicht müssen wir ihre Herkunftsfamilie ausfindig machen.«

»Ich glaube, ich würde lieber zuerst abwarten, was Lacey zu sagen hat.«

KAPITEL DREI

Am nächsten Morgen war Elain immer noch sauer auf Brodey wegen des ganzen »Ups, tut mir leid, dass ich dich meiner Ex-Freundin nicht als meine Verlobte vorgestellt habe«-Vorfalls.

Und was noch schlimmer war, ihr tiefer Drang, gejagt zu werden, hatte sich wieder bemerkbar gemacht. Ein Teil von ihr wollte Brodey für das, was er getan hatte, in die Mangel nehmen und ihn dazu bringen, sie zu verfolgen.

Aber der andere Teil von ihr wollte nicht, dass er am Ende der Jagd die Genugtuung der Belohnung bekam, die ihn erwarten würde.

Und noch ein Teil von ihr wollte ihn jagen und ihm auf eine Art wehtun, die nicht so lustig war.

Sie ging davon aus, dass Ain sich am leichtesten zu einer Verfolgungsjagd anspornen lassen würde, aber wenn man bedachte, wie aufgebracht er nach der ersten gewesen war, als er die Kontrolle über seine Instinkte verloren hatte, war sie sich nicht sicher, ob sie ihm das noch einmal antun könnte. Sie wollte seine Gefühle nicht verletzen oder ihn dazu bringen, sich schuldig zu fühlen.

Aber der Drang tief in ihr wuchs von Tag zu Tag. Der Drang zu rennen und gejagt zu werden.

Cail saß an seinem Schreibtisch und arbeitete an der Buchhaltung der Ranch. Als sie hereinkam, wandte er sich von seinem Schreibtisch ab und zog sie auf seinen Schoß. »Warum machst du so ein finsteres Gesicht?«

Sie schmiegte sich an ihn. »Ich kann es wieder spüren.«

Offensichtlich wusste er sofort, wovon sie sprach, denn er legte seine Arme um sie und streichelte sie tröstend. »Du willst, dass ich dich verfolge.«

»Bitte?«

Nach einem Moment des Zögerns seufzte er. »Wir brauchen die anderen.«

»Ich bin immer noch sauer auf Brod.«

Er lachte. »Was muss er tun, um es wiedergutzumachen?«

»Ich weiß nicht. Und ich würde es dir nicht sagen, wenn ich es wüsste, weil du es ihm sonst nur sagen würdest.«

Er küsste sie. »Macht Sinn. Aber ich werde das nicht ohne die anderen tun, damit wir sicher gehen können, dass du nicht verletzt wirst.« Er warf einen Blick auf die Uhr. »Sie werden gleich zurück sein. Wir machen es vor dem Abendessen, okay? Wenn es etwas dunkler ist.«

»Okay.« Ihr Bauch regte sich vor Aufregung. Vorfreude. Verlangen.

Er zwang sie, ihn anzusehen. »Der einzige Grund, warum ich das tue, ist, weil du es willst«, sagte er leise. »Es gefällt mir nicht, dich zu verfolgen. Es gefällt mir nicht, deine Sicherheit aufs Spiel zu setzen. Es gefällt mir überhaupt nicht, dich dazu zu bringen, dich mir so zu unterwerfen.«

»Du hast gesagt, du würdest mir nicht wehtun.«

»Nicht absichtlich, aber was ist, wenn du fällst oder so?«

Sie küsste ihn leidenschaftlich. »Ich liebe dich. Danke, dass du das für mich tust.«

Er streichelte ihre Wange. »Ich liebe dich auch. Jetzt lass

mich das erledigen, denn ich glaube, wenn du wieder so wild wirst wie neulich Abend, wird das eine echte Herausforderung für mich werden.«

Sie ging hinüber zu ihren Bücherkisten und fing an, sie zu sortieren. Die Männer hatten ihr ein neues Bücherregal in Cails großem Büro neben ihren eigenen Büchern aufgestellt.

Als sie anfing, Bücher auszupacken und einzuräumen, fielen ihr zwei alte Bücher ganz unten auf dem alten Regal auf. Sie waren fast ganz von den bodenlangen Vorhängen verdeckt und sahen sehr alt aus, den Einbänden nach zu urteilen. Als sie sie öffnete, stellte sie fest, dass es Tagebücher voller handschriftlicher Notizen, Gedichte und Geschichten aus vielen Jahrzehnten waren.

Ein Gedicht fiel ihr besonders auf.

Einsames Herz, vom eisigen Wind umspielt,
so kalt wie die Winternacht über dem Moor.
Auf der Suche nach Liebe,
selten wie das Licht im Kampfe ...

»Das ist wunderschön, Cail.«

»*Hmm? Was?*«

Sie zeigte auf das Tagebuch, das offen in ihrem Schoß lag. »Das. Es ist wirklich schön.«

»Oh, verdammt, die habe ich seit Jahren nicht mehr gesehen. Wo waren die?«

»Im untersten Regal, hinter den Vorhängen.« Sie ließ das andere Tagebuch auf dem Boden liegen, stand auf und ging zu ihm hinüber, während sie es durchblätterte. »Du solltest versuchen, sie zu veröffentlichen.«

»Ich?«

Sie stupste ihn sanft an. »Ja, du. Sie sind wunderbar. Schreibst du noch?« Sie bemerkte den seltsamen Ausdruck auf seinem Gesicht. »Was?«

Er lehnte sich in seinem Stuhl zurück. »Schatz, das habe ich nicht geschrieben. Das sind Brodeys.«

* * *

Ain gefiel die Vorstellung nicht, dass Elain gejagt wurde, aber er stimmte Cail zu, dass es notwendig war, sodass ihr Drang nicht außer Kontrolle geriet. Brodey schien sauer und mürrisch, weil sie sich nicht von ihm jagen lassen wollte. Sie sprach kaum mit ihm, doch Ain wollte sich nicht einmischen, da er wusste, dass Brodey einen eigenen Weg finden musste, es wiedergutzumachen.

Elain zog sich eine kurze Hose und Turnschuhe an. Es fühlte sich seltsam an, in der zunehmenden Dunkelheit auf der hinteren Terrasse zu sitzen und sich zu dehnen, so als würde sie wie früher während ihrer Highschool-Tage auf die Rennstrecke gehen. Doch tief in ihrem Innern sehnte sie sich danach, frei zu sein, zu rennen.

Gejagt zu werden.

Zu jagen.

Die Männer versammelten sich auf der Terrasse. Cail hatte sich ebenfalls eine kurze Sporthose und Turnschuhe angezogen, ließ jedoch schein Shirt weg. Er sah nicht glücklich aus. Zugegebenermaßen sah keiner der Männer glücklich aus.

»Bist du dir sicher?«, fragte Ain sie.

Sie nickte.

»Bleib auf dem Grundstück. Halte dich von den äußeren Zäunen fern. Es gibt mehr als genug Waldflächen, in denen du dich aufhalten kannst.« Er sah Cail an. »Okay, du bist dran.«

Sie richtete sich auf. »Wie willst du es machen?« Jetzt, wo sie es wirklich taten, wusste sie nicht, wie sie die Stimmung und die Spannung wieder erzeugen konnte, die neulich die Reaktion der Männer ausgelöst hatte … oder ihre.

Er zuckte mit den Schultern. »Ich spüre es nicht, Baby.«

»Ich kann es tun!«, bot Brodey mit einem hoffnungsvollen Lächeln an.

Sie funkelte ihn an. »Fick dich! Ich bin immer noch sauer auf dich, Arschloch.« Obwohl ein Teil ihrer anfänglichen Wut nach der Entdeckung der Tagebücher verflogen war, war Elain nicht bereit, ihn zu küssen oder sich mit ihm zu versöhnen. Noch nicht.

Sie blieb aus Prinzip wütend auf ihn.

Sein Lächeln verblasste. »Ach, komm schon, Baby! Ich habe doch gesagt, dass es mir leidtut!«

»Kannst du ihn nicht zum Schweigen zwingen?«, knurrte sie Ain an. Er lächelte. »Nein, aber ich kann dich dazu zwingen, dich mit ihm zu versöhnen.«

»Das würdest du nicht wagen!«

»Nein, würde ich nicht. Das wäre genauso unfair, wie wenn ich ihn dazu zwingen würde, den Mund zu halten, bis du dich entschieden hast, ihm zu vergeben.« Er funkelte Brodey an.

»Soll ich einfach mal losrennen?«, fragte sie Cail.

»Vielleicht. Keine Ahnung.«

»Okay.« Sie rannte los in Richtung des Waldes, der hinter dem Haus lag, doch noch bevor sie den Hof verlassen hatte, blieb sie stehen und kehrte niedergeschlagen zurück. »Was ist los?«, fragte Ain.

»Ich spüre es auch nicht.«

Ain verdrehte die Augen. »Ich dachte, du willst es.«

»Ich *will* es auch! Das ist ja das Problem. Das Bedürfnis ist da, aber ich weiß nicht, was ich tun muss, um mich wieder so zu fühlen wie beim ersten Mal. So wie es sich gerade anfühlt, könnten wir auch einfach zusammen joggen gehen.«

Cail holte tief Luft. »Auch wenn wir nur joggen gehen

würden, könnte ich dich locker abhängen«, sagte er leise. »Ich bin viel schneller als du.«

Sie hätte seinen Kommentar fast überhört. »Was?«

»Ich habe gesagt, dass ich dich locker abhängen könnte.«

»Was soll das heißen?«

»Du, langsamer. Ich, schneller.«

Als es gerade anfing, sie zu irritieren, wurde ihr klar, was er damit bezwecken wollte. »Es tut mir leid. Das funktioniert nicht.«

»Scheiße.« Er sah Ain an. »Ich kann mich nicht dazu bringen, mich so zu fühlen. Ich will nicht mit ihr streiten.«

»Ich werde es tun!«, bot Brodey wieder hoffnungsvoll an.

»Halt die Klappe, Brodey!«, riefen alle drei gleichzeitig.

Brodey ließ sich niedergeschlagen in einen der Korbsessel fallen, und Cail ging nachdenklich auf und ab. Niemand unterbrach ihn. Nach einem kurzen Moment zog er seine Turnschuhe und seine kurze Hose aus. Völlig nackt drehte er sich zu ihr um. »Lass es uns versuchen«, sagte er leise.

Sie ließ ein raues Lachen von sich. »Nichts für ungut, Schatz, aber das passiert nach der Verfolgungsjagd.«

Er sah sie an. »Ich werde zählen«, sagte er in einem sanften, entschlossenen Ton, »dann werde ich mich verwandeln. Wenn ich dich erwische, während ich noch verwandelt bin, ficke ich dich vielleicht so. Verwandelt.«

»Einen *Scheiß* wirst du!«, protestierte sie.

»Eins.«

Elain spürte, wie ihr der Schreck den Rücken hinunterkroch. »Cail! Ihr habt versprochen, dass ihr mich niemals dazu zwingen würdet …«

»Zwei.«

»Ain, komm schon, sag ihm, dass er das nicht kann!«

»Drei.«

Ain musterte seinen Bruder, bevor er sich Elain zuwandte. »Du solltest besser rennen, Süße.«

Keuchend rannte sie los, ihr Herz raste, bevor ihre Beine überhaupt ihre volle Geschwindigkeit erreichen konnten. Erst als sie den Wald betrat, wurde ihr klar, dass sie nicht wusste, wie lange Cail zählen würde, bevor er sich verwandelte. Das spornte sie weiter an.

* * *

AIN DREHTE sich zu Cail um und beobachtete, wie Elain über das Grundstück raste und im Wald verschwand. »Du würdest ihr das nicht wirklich antun, oder? Mir ist aufgefallen, dass du vielleicht gesagt hast.«

Er lächelte. »Auf keinen Fall. Ich musste es so sagen, weil wir sie nicht anlügen können. Aber es hat ihr Angst gemacht, oder?«

Ain lachte. »Ja. Das war schlau. Du und deine verdammten Schlupflöcher. Willst du sie wirklich verwandelt jagen?«

»In einer Minute. Ich wollte sowieso mal wieder laufen.« Er streckte seine Arme und Schultern und ließ seinen Nacken knacken.

Brodey starrte niedergeschlagen vor sich hin. »Also, was soll ich tun?«

Ain deutete auf das Haus. »Geh rein. Mach Abendessen für uns. Beim Kochen fällt dir vielleicht etwas ein, wie du es wiedergutmachen kannst, du dummes Arschloch.«

»Sagt gerade der Richtige, Herr Ich-lasse-mich-von-einem-Auto-anfahren-während-ein-Hurrikan-vor-der-Tür-steht.«

Ain hob den Zeigefinger und deutete zum Haus.

Also stand Brodey auf, stapfte hinein und knallte die Tür hinter sich zu.

Ain rieb sich mit den Händen das Gesicht. »Ich könnte mir selbst in den Arsch treten, dass ich an diesem Abend die

Situation mit Elain so außer Kontrolle geraten lassen haben.« Er schüttelte den Kopf. »Ich hätte nie gedacht, dass sie aus einer Wandlerfamilie stammen könnte. Als dieser ganze andere Scheiß angefangen hat, konnten wir nicht mehr sehen, ob sie eine Gestaltwandlerin ist oder nicht, weil sie schon unsere Gefährtin war. Dieses Gefühl ist stärker als alle anderen. Wir sind jetzt zu sehr auf sie eingestellt.«

Cail streckte sich. »Ich weiß. Das habe ich mir auch schon gedacht, aber wie sollen wir es herausfinden?« Er drehte sich, lockerte seine Muskeln. »Lacey wird es sicher sagen können. Sie ist die beste Seherin, die es je gab.« Er deutete auf Ains Uhr. »Was schätzt du, wie lange rennt sie schon?«

Ain warf einen Blick auf seine Uhr. Er hatte seine Jeans angelassen, war aber barfuß. »Vielleicht zwei Minuten. Willst du, dass ich vorrenne?« Ihm ging die Möglichkeit nicht aus dem Kopf, dass sie vielleicht mehr Gestaltwandlerin war, als sie dachten. Er machte sich Sorgen, dass sie zu weit rennen könnte, wenn ihre Hormone und vielleicht auch ihre Instinkte außer Kontrolle gerieten.

»Nö. Sie soll denken, dass ich es wirklich vorhabe. Es spielt keine Rolle, in welcher Stimmung ich bin, es ist ihre, die zählt. Und es wird sicher Spaß machen, sie zu fangen.« Er grinste. »Wir könnten eine Weile weg sein.«

»Wenn du Glück hast.«

Cail verwandelte sich in seine Wolfsgestalt. Dann warf er den Kopf zurück und stieß ein lautes, langes Heulen aus. Verwandelt sah er aus wie ein riesiger, schwarzer wolfsähnlicher Hund mit sanften braunen Augen.

Ain lachte. »Angeber.«

Cails Zunge hing ihm aus dem Mund, während er in gemächlichem Tempo über den Hof in Richtung Wald trottete.

* * *

DER ERSTE ADRENALINSCHUB war fast abgeklungen, als Elains Verstand versuchte, ihr beizubringen, dass Cail sein Versprechen nicht brechen und sie zu etwas zwingen würde, was sie nicht tun wollte. Die Männer hatten versprochen, dass sie sie niemals zwingen würden, Sex mit ihnen zu haben, während sie verwandelt waren, und sie würden sie nie wieder zwingen, Analsex mit ihnen zu haben.

Was den Analsex anging, war sie bereit zu verhandeln. Bei der Zeremonie war sie so geil gewesen, dass sie kaum geradeaus sehen konnte und es vor dem Rat mit allen drei Brüdern auf einmal getrieben hatte. Sie konnte sich durchaus vorstellen, die Szene nach einem Glas Wein noch einmal nachzustellen.

Plötzlich hörte sie Cails Heulen.

Mit einem erschrockenen Quietschen raste sie blindlings durch den dunklen Wald und versuchte, auf dem Weg zu bleiben. Dabei wurde sie von heruntergefallenen Ästen und Bäumen, die der Hurrikan Anfang des Monats verursacht hatte, ausgebremst. Während sie rannte, spürte sie, wie ein Instinkt in ihr die Kontrolle übernahm. Ihre Angst löste sich langsam auf und wurde durch Vorfreude, Verlangen und Eifer ersetzt.

Er würde sie ficken. Mensch oder Wolf.

Sie schämte sich zuzugeben, dass sie vielleicht doch nicht protestieren würde, wenn er sie verwandelt ficken sollte.

Verfluchte Scheiße, was ist los mit mir?

Aber er war ihr Gefährte. Er war weder ein Hund noch ein Wolf. Er war immer noch Cail, egal, wie er aussah, Mensch oder Tier.

Elain rannte.

Sie schickte ihre Gedanken hinaus, um ihn zu finden, und konnte sofort seine Gedanken spüren. *»Ich werde dich lange und hart ficken, Baby. Lauf einfach weiter, bring mich richtig in Stimmung.«*

Das spornte sie an, schneller zu rennen.

Die Bäume lichteten sich und sie kam auf eine der Weiden. Hundert Meter entfernt begann ein weiterer dichter Kiefernwald. Während sie über die offene Wiese darauf zu rannte, hörte sie Cail wieder hinter sich heulen, näher als vorher. Elain kämpfte gegen den Drang an, sich umzudrehen, denn sie wusste aus Horrorfilmen, dass das Opfer immer genau dann stolperte, hinfiel und von dem Bösewicht erwischt wurde.

Mit der einzigen Ausnahme, dass Cail kein böser axtschwingender Zombie-Mörder mit gruseliger Clownsmaske, Kettensäge und Persönlichkeitsstörung war. Er war ihr süßer Cail.

Als sie nur noch ein paar Meter von den Bäumen entfernt war, rannte sie auf einen Pfad zu und konnte nicht anders, als doch einen Blick zurückzuwerfen. In diesem Moment erklang wieder ein Heulen, noch näher als vorher.

Dann stockte ihr der Atem und die Welt um sie wurde mit einem dumpfen Schlag schwarz.

* * *

Cail kam gerade rechtzeitig aus dem Wald, um zu sehen, wie Elain sich umdrehte und mit voller Wucht gegen eine Zypresse am Waldrand rannte.

Er verwandelte sich im Sprung, sein Herz hämmerte vor Angst, als sie zu Boden brach. »Scheiße!« Er kniete sich über sie, tastete nach ihrem Puls und überprüfte ihre Atmung. Dann tätschelte er ihre Wange, als sie stöhnte.

»Süße, Schatz? Aufwachen. Kannst du mich hören?«

»Ohhhh …«

»Elain. Öffne deine Augen, Baby. Komm schon, wach auf.«

Schließlich flogen sie auf, und sie sah sich verwirrt um. »Was ist passiert?«

Erleichtert half er ihr, sich aufzusetzen. »Ein fieser, alter Baum ist aus dem Nichts gesprungen und hat dich angegriffen.«

Sie berührte ihre Stirn, wo sich bereits eine Beule gebildet hatte. »Verdammter Scheiße. Das tat weh.«

»Das glaub ich dir.« Sie versuchte aufzustehen, doch er ließ sie nicht. »Nein, warum setzt du dich nicht hierhin und ich renne zum Haus zurück, um einen Wagen zu holen? Ich glaube nicht, dass du aufstehen und gehen solltest.«

»Es geht mir gut.« Er half ihr auf die Beine und ließ sie nicht los, doch sie erlaubte ihm nicht, sie zu tragen. Zum Glück war es schon fast dunkel, sodass niemand Cail splitternackt herumlaufen sehen konnte. Er führte sie aus dem Wald heraus zum nächstgelegenen Weg, und sie folgten ihm zurück zum Haus. Ain, der auf der Terrasse saß, sah ihnen erstaunt entgegen. Als er bemerkte, dass etwas nicht stimmte, rannte er sofort zu ihnen, um zu helfen.

»Was ist passiert?«

Elain war es peinlich, ihr brummte der Schädel, und was noch schlimmer war, sie hatte immer noch das Verlangen in sich, das langsam wieder stärker wurde. »Ich bin ein verdammter Idiot, das ist passiert.«

»Sie hat sich umgedreht und ist gegen einen Baum gerannt«, erklärte Cail. »Hat sie richtig umgehauen.«

Elain entging Ains amüsiertes Schnauben nicht. Er nahm sie trotz ihrer Proteste in seine Arme und trug sie ins Haus, während Cail sich seine Kleider von der Terrasse schnappte.

Brodey streckte den Kopf aus der Küche. »Das war schnell.«

»Halt die Klappe«, knurrte Ain auf dem Weg ins Schlafzimmer. »Bring uns einen Eisbeutel ins Schlafzimmer. *Sofort.*«

Daraufhin rannte Brodey los, um ihn zu holen.

»Mir geht es gut«, sagte sie genervt. »Ich kann laufen.«

Er legte sie vorsichtig auf ihr Bett und knipste die Nachttischlampe an, damit er sich ihren Kopf anschauen konnte. »Vielleicht sollte ich einen Krankenwagen rufen ...«

»Nein! Ain, mir geht es gut.«

»*Nicht bewegen*«, knurrte er.

Sie runzelte die Stirn, gehorchte aber. »Hast du nicht gesagt, dass du keine Erlasse mehr einsetzen willst, wenn es nicht um wichtigen Gestaltwandlerkram geht?«

Er überprüfte ihre Stirn. Sie hatte eine dicke Beule, Blutergüsse und einen kleinen Kratzer, aber so wie es aussah, nichts richtig Ernstes. »Es tut mir leid«, entschuldigte er sich und half ihr, sich aufzusetzen. »Aber sonst hättest du nicht still gehalten.«

Sie konnte ihm nicht böse sein. Es überraschte sie, dass er zwar der harte Kerl war, sie sich aber von ihm ihr Aua wegküssen ließ, während sie weiterhin sauer auf Brodey war.

Brodey stürmte mit einem Eisbeutel herein. »Was ist passiert? Geht es ihr gut?«

Ain nahm ihm den Beutel ab und drückte ihn sanft an ihre Stirn. »Baby, würdest du dich *bitte* eine Weile hinlegen?«

Sie lächelte. »War das so schwer?« Sie ließ sich von ihm sanft wieder auf das Bett legen.

»Was ist passiert?«, fragte Brodey noch einmal.

»Sie ist gegen einen Baum gelaufen«, erklärte Cail ihm kurz, während er durch die Tür an seinem Bruder vorbeiging. »Geht es ihr gut?«, fragte er Ain.

»Ignorierst du mich?«, fragte Brodey sie.

»Ja!«, antworteten alle drei gleichzeitig.

Er drehte sich um, stürmte aus dem Schlafzimmer und schlug die Tür hinter sich zu.

Als Ain ihm nachgehen wollte, packte sie ihn am Arm. »Nein, bitte. Setz dich einfach hier zu mir.«

Sein wütender Gesichtsausdruck wurde weicher und er setzte sich vorsichtig neben sie.

Cail streckte sich auf der anderen Seite neben ihr aus. »Es tut mir so leid, Schatz.«

»Es war nicht deine Schuld«, versicherte sie ihm. Sie sah Ain an. »Es war wirklich nicht seine Schuld, okay? Ich hätte mich beim Rennen nicht umdrehen dürfen.« Als sie den Eisbeutel auf ihrer Stirn zurechtrückte, zuckte sie kurz zusammen. »Ich wollte nur schauen, wie weit er entfernt ist.«

»Also sind wir wieder bei null, oder?«, fragte Ain.

»Ja.« Sie hob ein Bein und wackelte mit dem Fuß. »Kann mir bitte jemand helfen?«

Cail zog ihre Schuhe aus und massierte ihr dann die Füße, während Ain sich zu ihr beugte und sie küsste. »Ich werde in der Küche nachschauen, wie weit der Dummkopf mit dem Abendessen ist.«

Auch Cail küsste sie, ging dann ebenfalls aus dem Schlafzimmer und schloss leise die Tür hinter sich. Dann zog er Ain in sein Büro. »Okay«, flüsterte er, »ein Gestaltwandler würde *niemals* gegen einen verdammten Baum laufen. Ich glaube, wir machen eine zu große Sache daraus.«

Ain versuchte, nicht zu lachen, seine Erschöpfung und die Anspannung der letzten Tage sprudelten an die Oberfläche. Er hatte den gleichen Gedanken gehabt. Sosehr es ihm auch wehtat, sie mit Schmerzen zu sehen, Gestaltwandler waren instinktiv, leichtfüßig, agil und neigten auf keinen Fall dazu, mit dem Gesicht zuerst gegen große leblose Objekte zu rennen. »Ich weiß. Wir sollten das alles einfach ruhen lassen. Das wird schon wieder. Es liegt wahrscheinlich einfach daran, dass sie mit uns dreien zusammen ist.«

Cail nickte und die beiden gingen in die Küche, wo Brodey das Abendessen vorbereitet hatte. Ain bereitete sofort einen Teller für sie vor und brachte ihn mit einem Glas Eistee in ihr Schlafzimmer, bevor Brodey es tun konnte.

»Hier bitte, Schatz.«

Sie setzte sich vorsichtig auf und legte den Eisbeutel auf den Nachttisch. »Ich fühle mich wie ein Idiot.«

»Du bist kein Idiot. Hör auf damit.«

»Willst du nicht auch etwa essen?«, fragte sie.

»Gleich.«

Sie musterte ihn, während sie aß. »Was?«

»Wirst du Brodey bald küssen und dich mit ihm versöhnen, oder muss ich ihm befehlen, in einem der Gästezimmer zu schlafen?«

Elain konzentrierte sich auf ihr Essen. »Nein, tu das nicht«, grummelte sie. »Ich werde es irgendwann tun.«

Er beugte sich vor und küsste sie auf die Wange. »Er fühlt sich schrecklich.«

»Gut.«

Ain lächelte. »Das ist mein Mädchen.«

Sie stocherte in ihrem Abendessen herum. Brodey war ein begnadeter Koch, vielleicht sogar besser als seine Brüder, obwohl er zum Frühstück selten etwas anderes als Cornflakes machte. »Kann ich dich etwas fragen?«

»Natürlich.«

»Warum behandelt du und Cail Brodey wie einen Idioten?«

Ain lehnte sich verblüfft zurück. »Das tun wir nicht.«

»Doch, tut ihr. Ihr hackt auf ihm herum und macht euch über ihn lustig.«

Er runzelte die Stirn und sah sie skeptisch an. »Was ist los?«

»Ich habe seine alten Tagebücher im Büro gefunden und sie durchgelesen. Er ist ein wirklich guter Autor. Sehr talentiert.«

»Wir haben nie gesagt, dass er das nicht ist. Findest du wirklich, Cail und ich trauen ihm nicht genug zu?«

Sie nickte.

»Du hast keine zweihundertachtunddreißig Jahre mit ihm unter einem Dach gelebt. Baby, vergiss nicht, was du neulich durchgemacht hast. Wie er dich bei den Highland Games aufgespürt hat und mit dir im Nachrichtenwagen als Hund nach Hause gefahren ist. Und das ist nur ein Beispiel. Er macht ständig so einen Scheiß, ohne vorher nachzudenken. Er überlegt nicht, wenn es um bestimmte Dinge geht. Ich bin der Letzte, der sein künstlerisches Talent abstreitet. Und in einem Kampf würde ich ihn auf jeden Fall auf meiner Seite haben wollen. Er ist ein taktisches Genie. Und er ist bei Weitem der beste von uns dreien, wenn es darum geht, jemanden aufzuspüren. Und trotzdem ist er ein Dummkopf. Selbst du kannst nicht leugnen, dass er in mancher Hinsicht dümmer ist als ein Sack Steine.« Er beugte sich vor und küsste sie. »Iss und ruh dich aus. Ich werde in ein paar Minuten nach dir schauen.«

Nachdem er gegangen war, dachte sie über das nach, was er gesagt hatte. Ja, Brodey war in gewisser Weise nicht die hellste Leuchte, aber er war auch derjenige, der sie aufgespürt hatte, als sie nach Spokane geflohen war. Er war sehr instinktiv, eine Mischung aus Ains Intensität und Cails logischem Verstand.

Sie aß auf und stellte ihren Teller auf den Nachttisch, dann schlief sie sofort ein.

KAPITEL VIER

*a*in hatte nicht lockergelassen und wollte, dass Elain zu einem Arzt ging. Als sie am nächsten Morgen aufstand, war Brodey schon weg. Sie schwor sich, dass sie am Abend mit ihm sprechen und die Angelegenheit klären würde. Zwar war sie immer noch sauer auf ihn wegen dem, was er getan hatte, aber es war noch viel schlimmer, sich so zu fühlen.

Cail fuhr sie nach Arcadia zu einer Praxis, die sonntags geöffnet hatte. Dort bestätigte der Arzt Elains Behauptungen, dass es ihr gut ginge und sie keine ernsthaften Verletzungen hatte, außer vielleicht an ihrem Stolz.

»Bist du jetzt zufrieden?«, fragte sie Cail, während er ihr die Autotür aufhielt.

»Ja.« Sie mussten noch Lebensmittel besorgen, dann führte er sie zum Mittagessen in ein kleines lokales Restaurant aus.

Als sie sich in eine Ecke gesetzt hatten und er ihre Hand hielt, war sie etwas nervös. »Ist das klug?«, fragte sie.

»Es ist okay. Wir sind Stammgäste hier.«

Die Kellnerin nahm ihre Bestellungen auf und brachte

ihre Getränke. Cail lächelte und beugte sich über den Tisch. »Schließ die Augen«, sagte er leise, »und lass deine Gedanken schweifen. Was fühlst du?«

»Hä?«

»Tu es einfach.«

Elain schloss die Augen und versuchte es. Sie hörte die anderen Gäste, das Klappern von Tellern im Hintergrund, das leise Klirren von Besteck auf Tellern. Das Klirren von Eiswürfeln in Gläsern. Und …

Sie öffnete die Augen. »Was ist das?« Sanfte, flüsternde Gedanken, die sie nicht verstehen konnte.

Er sah sie verschmitzt an. »Im Moment sind noch fünf andere Gestaltwandler in diesem Restaurant. Wenn wir mit dem Essen fertig sind, möchte ich, dass du sie alle identifiziert hast.« Er lehnte sich zurück und nippte an seinem Eistee.

Sie versuchte, sich unauffällig umzusehen, und als die Kellnerin ein paar Minuten später mit ihrem Essen zurückkam, kam ihr ein Gedanke, den sie fast laut gesprochen hätte. *»Ist sie eine Gestaltwandlerin?«*, fragte sie Cail in Gedanken.

Er nickte und griff nach dem Ketchup. Als die Kellnerin ging, beugte er sich vor. »Jetzt musst du nur noch die anderen vier identifizieren. Du solltest dazu in der Lage sein, so mächtig wie du bist.« Konzentration war nicht ihre Stärke und sie hatte noch einen langen Weg vor sich, um ihre neuen Fähigkeiten besser zu beherrschen.

Elain versuchte gleichzeitig zu essen und sich zu konzentrieren. Die Kellnerin hatte einen anders klingenden Herzschlag und so etwas wie eine beinahe unsichtbare Aura. Sie klang anders, während sie sich im Restaurant bewegte. Als sich die Kellnerin vorbeugte, um mit einem anderen Kunden zu sprechen, konzentrierte sich Elain, da sie wieder so ein ähnliches Gefühl hatte.

»Der Mann, mit dem sie gerade spricht«, flüsterte sie.

Er nickte. »Sehr gut. Es gibt auch einen Duft, den du mit Gestaltwandlern in Verbindung bringen wirst. Zumindest Wolfswandler aus unserem Rudel und Clan. So kann man oft am einfachsten herausfinden, ob sich ein Wolfswandler in der Nähe befindet, aber an einem Ort wie diesem und weil du noch so neu bist, wird dir das wahrscheinlich schwerfallen.«

»Und ich?«

»Was ist mit dir?«

»Wissen andere Gestaltwandler, dass ich deine Gefährtin bin?«

Cail lächelte. »Glaube mir, das können sie gar nicht übersehen.« Er nahm einen weiteren Schluck. »Vor allem die männlichen Wölfe.« Er zwinkerte. »Du könntest genauso gut eine große blinkende Leuchtreklame über deinem Kopf haben, auf der steht ›Verpiss dich, Arschloch‹.«

Sie lachte. »Du bist also besitzergreifend?«

Sein tiefes, sanftes Knurren erzeugte ein kribbelndes Verlangen in ihr. »Wenn es um dich geht, auf jeden Fall.«

Elain versuchte, das Pochen zwischen ihren Beinen zu ignorieren und sich auf die Aufgabe zu konzentrieren.

Während sie langsam aß, gelang es ihr, die anderen drei Gestaltwandler in nur wenigen Minuten zu identifizieren. Cail grinste. »Gute Arbeit, Süße. Ain wird sich freuen. Das ist fantastisch!«

Elain war etwas stolz. »Und was soll ich machen, wenn ich einen Gestaltwandler in der Öffentlichkeit sehe?«

»Du behandelst ihn genau wie jeden anderen. Aber man muss wissen, wie man sie identifiziert.«

»Warum?« Ein kleines Stirnrunzeln huschte über sein Gesicht und sie drängte ihn erneut. »Warum, Cail?«

Er zuckte mit den Schultern. »Du solltest immer wissen, mit wem du es zu tun hast, das ist alles. Beeil dich und iss auf, damit wir nach Hause können.«

Sie wusste, dass da noch mehr war. Und sie wusste auch, dass er es ihr nicht freiwillig sagen würde, wenn sie nicht die schweren Geschütze auspackte. Oder aber sie musste sich in Geduld üben, bis er es doch sagte. »Was ist mit anderen Arten von Gestaltwandlern? Wie zum Beispiel Kimberlie.« Elain musste sich zwingen, ihren Namen über die Lippen zu bekommen.

Cails sah nachdenklich aus dem Fenster. »Mach dir darüber erst mal keine Sorgen, Schatz.« Eine weitere Frage, die er offenbar nicht beantworten wollte.

»Wie viele Arten von Gestaltwandlern gibt es?«

»Viele. Hunde und andere Tiere aus der Wolfsfamilie sind am häufigsten. Katzen. Drachen. Es gibt alles Mögliche.«

»Wow!« Sie senkte die Stimme, als ein paar Gäste in der Nähe sie ansahen. »Drachen?«, zischte sie.

Er lächelte. »Wir hatten noch keine Zeit, uns mit dir hinzusetzen und dir von all diesen Dingen zu erzählen. Und wir wollten dich nicht gleich am Anfang überfordern. Oder es uns mit dir versauen.« Er zwinkerte.

Die Glocke an der Tür klingelte, und ein weiterer Kunde kam herein und nahm Platz. Als Cail nach der Rechnung winkte, hatte Elain plötzlich das Gefühl, beobachtet zu werden. Nachdem Cail bezahlt hatte, stand er auf und streckte ihr die Hand entgegen. Sie gingen nebeneinander durch das Restaurant zum Eingang und Elain sah sich dabei kurz im Raum um.

Ein älterer Mann saß an einem Tisch in der hinteren Ecke. Er trug ein gebügeltes, langärmliges, strahlend weißes Hemd und eine Weste. Er kam ihr vage bekannt vor, aber Elain hatte keine Zeit, darüber nachzudenken, da Cail sie durch die Tür und zum Wagen führte. Ein paar Kilometer von zu Hause entfernt fiel ihr ein, dass er wie der Mann ausgesehen hatte, den sie bei ihrem Einkaufsbummel mit

Cail neulich gesehen hatte, aber Arcadia war eine kleine Stadt.

Wenn sie nur dieses unangenehme Kribbeln vergessen könnte, das sie gefühlt hatte, während er sie mit finsterem Blick angestarrt hatte.

»Warum seid ihr so auf der Hut, was andere Gestaltwandler angeht?«, fragte sie und konnte sehen, wie sich Cails Körpersprache beim Fahren subtil veränderte. Seine Schultern spannten sich an. »Wir sind nicht wirklich auf der Hut.«

»Du kannst mich nicht anlügen.«

»Ich lüge dich nicht an.«

»Dann hör auf, Schlupflöcher zu finden und semantische Spielchen mit mir zu spielen.«

An der nächsten Ampel drehte er sich zu ihr um. »Ich spiele keine semantischen Spielchen. Wie du noch erfahren wirst, zahlt es sich bei unserer Art immer aus, zu wissen, wer wer ist und wo sie sich aufhalten, wenn sie sich in der Nähe deines Rudels befinden.«

»Oder in der Nähe deiner Gefährtin?«

Er wackelte mit den Augenbrauen. »Auf jeden Fall. Ich kann ziemlich besitzergreifend sein, wenn es sein muss, weißt du?«

»Nicht so sehr wie Ain oder Brodey.«

»Ich bin Gamma-Alpha, also liegt es nicht in meiner Natur.« Sein Blick verdunkelte sich. »Wenn jemand versuchen würde, dir weh zu tun, würde ich die Sache genauso aggressiv regeln wie meine Brüder, da kannst du dir sicher sein.«

Die Ampel wurde grün und auch Cails Stimmung änderte sich blitzartig. Er lächelte und nahm den Fuß von der Bremse. »Du hast drei Typen, die dich beschützen und für deine Sicherheit sorgen. Ganz zu schweigen von dem ganzen Clan, der dich beschützt und auf dich aufpasst. Du hast noch nicht einmal die anderen Mitglieder unseres Rudels kennengelernt.«

»Ich weiß nicht, ob ich mich dadurch sicher oder eingesperrt fühle.«

Er schob seine Finger zwischen ihre. »Du weißt, dass wir dich niemals einsperren oder einengen würden. Darüber haben wir bereits gesprochen.«

»Ich brauche keinen Babysitter oder Leibwächter. Ich habe schon viel aufgegeben, indem ich den sechs Monaten zugestimmt habe, in denen wir nach euren Regeln leben werden.«

»Ich weiß, und wir wissen das mehr zu schätzen, als du dir vorstellen kannst, glaube mir. Vertraust du uns?«

»Ich schätze, das muss ich, oder?«

Sie schwieg für den Rest der Fahrt, ihre Gedanken wanderten zurück zu dem Fremden im Restaurant. Sie war sich sicher, dass es ihre Männer nervös machen würde, wenn sie ihn erwähnen würde.

Manchmal war Schweigen Gold.

* * *

AM NÄCHSTEN NACHMITTAG war Ain draußen auf der Weide und arbeitete an einer Brunnenpumpe, als sein Handy plötzlich klingelte. Jocko.

»Hey, Junge, wie läuft's in Florida?« Auch nach über hundert Jahren in den Staaten war Jockos schottischer Akzent noch genauso stark wie am Tag seiner Ankunft.

»Uns geht's gut. Wir werden wahrscheinlich gegen Ende des Sommers oder Anfang Herbst kommen, nach der Hochzeit. Wir hätten gerne eine Anerkennung des Clans für uns alle.«

»Das sind ja tolle Neuigkeiten«, antwortete Jocko und verstummte dann.

»Was ist los?«

»Ich will dich nicht beunruhigen.«

»Jedes Gespräch, das mit diesem Satz anfängt, beunruhigt mich. Raus mit der Sprache.«

»Es ist wahrscheinlich nur ein Zufall. Aber wegen unseres letzten Gesprächs, dachte ich, du solltest es wissen. Erinnerst du dich, dass ich die Brüder von Liam Pardie erwähnt habe?«

Ein kaltes, unangenehmes Gefühl machte sich in Ains Bauch breit. »Ja?«

»Beta-Gestaltwander, beide mit Gefährten. Es ist schrecklich, aber wahrscheinlich wirklich nur ein Zufall.«

»Jocko, bitte.«

»Na gut, Asolo Pardies Gefährtin wurde vor zwei Tagen ermordet. Das ist der Bruder, der in Montana lebt.«

Ain schloss die Augen. »Ermordet?«

Jocko räusperte sich. »Ja.« Seine Stimme wurde weicher. »Wenn ich es nicht besser wüsste, Kumpel, würde ich sagen, dass jemand damit ein Zeichen setzten wollte, aber es muss einfach ein Zufall sein.«

»Warum?«

»Sie wurde enthauptet. Sie haben bisher keine Hinweise auf die Identität des Mörders.«

Das war das Abernathy-Äquivalent zur Mafia, wenn sie jemanden ermorden ließ, der geredet hatte. Oder wenn sie jemanden warnen wollte. »Wer weiß noch von Elain?«

»Außerhalb unseres Clans? Niemand, den ich kenne. Der einzige Grund, warum ich es wusste, war, weil Mark mich nach eurer Zeremonie angerufen hat, da er dort unten der Anführer der Rudelkoalition ist. Ich habe sonst niemandem Einzelheiten über unser erstes Gespräch gegeben, falls das die Frage ist.«

»Das ist die Frage.«

»Ich musste mit ein paar Leuten reden, um nach Pardies

Brüdern zu fragen. Aber die Leute, mit denen ich gesprochen habe, konnten das auf keinen Fall mit euch und eurer neuen Gefährtin in Verbindung bringen.«

»Danke, Jocko.« Ain legte auf, steckte sein Handy wieder in die Tasche und holte tief Luft.

Er hatte zwei Möglichkeiten. Die erste war, anzunehmen, dass er und seine Brüder es irgendwie geschafft hatten, nicht nur eine Frau zu finden, die unwissentlich eine halbe Alpha-Wandlerin war, sondern auch zum Abernathy-Clan gehörte und keine Ahnung von ihrer wahren Abstammung hatte.

Die zweite Möglichkeit war, dass all das ein einziger Zufall war. Er rief Jocko zurück. »Hey, noch was.«

»Klar, was denn?«

»Sagt dir der Name Maureen Alexander etwas?« Er buchstabierte ihren Nachnamen.

»Ah ja. Sie ist eine entfernte Cousine von euch, vonseiten eurer Mutter.« Ain konnte sich bildlich vorstellen, wie Jocko sich am Bart kratzte, während er sein großes Wissen über den Clan-Stammbaum durchsiebte. »Die Großmutter eurer Mutter, väterlicherseits, und Maureens Urgroßmutter mütterlicherseits waren Schwestern. Ich bin mir ziemlich sicher.«

Ain wollte nicht fragen, hörte sich aber trotzdem die Worte sagen. »Wo ist sie heute?«

»Das weiß ich nicht. Sie war ein Alpha, ob du es glaubst oder nicht, sie hatte keinen Gefährten, soweit ich weiß. Sie hat vor ungefähr dreißig Jahren den Kontakt abgebrochen.

Soweit ich mich erinnere, habe ich gehört, dass sie in Washington State oder Oregon lebt. Warum?«

»Nur so.« Ain schluckte schwer, um den Kloß in seinem Hals loszuwerden. »Ich habe neulich ihren Namen in Moms alten Unterlagen gesehen und konnte mich nicht erinnern, wer sie war. Danke.« Er legte wieder auf und starrte auf sein Handy.

Cail arbeitete in seinem Büro und sah überrascht auf, als Ain hineinkam. Elain war zum Einkaufen nach Arcadia gefahren, und Brodey war unterwegs, um Besorgungen zu machen. »Hast du die Sterbeurkunde ihrer Mutter?«

»Hä?«

»Elains leibliche Mutter. Hast du eine Kopie der Sterbeurkunde?«

»Okay, beruhige dich, Ain. *Rede* mit mir.«

Ain ging im Büro auf und ab und fuhr sich mit der Hand durch sein schwarzes Haar. »Okay, aber du musst es für dich behalten, und ich möchte dich nicht mit einem Erlass dazu zwingen müssen.«

»Kein Problem. Sag es mir einfach.«

Er erzählte ihm von dem Gespräch mit Jocko und von seinem Verdacht.

Cail sah fassungslos aus. »Verdammte Scheiße.«

»Kannst du laut sagen. Ich muss wissen, wie sie gestorben ist. Hat Elain nicht gesagt, dass sie krank wurde und gestorben ist? Wenn sie wirklich dieselbe Frau ist, eine Alpha-Wandlerin, wie kann das dann möglich sein? Wie kann ein Alpha-Männchen jemals seine Gefährtin verlassen? Vor allem, wenn sie schwanger war? Ich muss diese Verbindung widerlegen.«

Cail sah Ain nicht an, sondern rollte nur einen Stift auf seinem Schreibtisch hin und her. »Weibliche Gestaltwandler können krank werden und sterben. Das weißt du. Das können alle Gestaltwandler. Es ist ungewöhnlich, klar, aber es kommt vor. Mom ist gestorben. Und wenn der Typ von der Mafia ermordet wurde oder starb …« Er beendete seinen Satz nicht.

»Mom ist bei dem Unfall mit Dad ums Leben gekommen«, widersprach Ain. »Das ist etwas anderes.«

»Lass uns mal davon ausgehen, dass es so ist, wie es scheint. Elains leibliche Mutter hat gerade ein Baby bekommen. Ihr Gefährte ist aus irgendeinem Grund gegangen. Je länger ihr Partner weg ist, desto schwächer wird sie, vor allem nach der Geburt. Wenn er nicht für sie da ist …« Cail schüttelte den Kopf. »Natürlich passiert das normalerweise nicht, aber ich habe einmal von Lacey davon gehört, als wir noch jünger waren. Sie hat mal bei einer Versammlung am Feuer Geschichten erzählt, damals saßen vor allem Mädchen am Feuer und sie hat sie davor gewarnt, ihre Partner vor und nach der Geburt nicht von ihrer Seite weichen zu lassen, da sie sonst ›herzkrank‹ werden könnten.«

»Herzkrank?«

»Ja. So hat sie es genannt. Sie hat gesagt, dass es auch ›Seelenkrankheit‹ genannt wird.« Er zuckte mit den Schultern und sah Ain an. »Ich war an diesem Abend zu sehr damit beschäftigt, flachgelegt zu werden, also habe ich nicht richtig zugehört. Sie hat die Mädchen gewarnt, dass sie ihre Partner in der Nähe halten müssten, wenn sie schwanger seien. Diese weibliche Alpha-Wandlerin aus dem Abernathy-Clan, Ysimel, ist auf diese Weise gestorben. Ihr Gefährte war während ihrer Schwangerschaft bei einer Jagd getötet worden, und das Baby war noch nicht einmal zwei Jahre alt, als Ysimel schließlich starb.«

»Das ist Blödsinn. Ein Ammenmärchen.«

Cail schnaubte. »Die Existenz von Gestaltwandlern ist auch ein Ammenmärchen.«

Ain verdrehte die Augen und setzte sich schwerfällig hin. »Elain hat sich noch nie verwandelt. Sie hatte keine Ahnung, was wir sind, als wir sie kennengelernt haben. Es muss eine andere Erklärung geben.«

»Ich bin ganz Ohr.« Die Männer verstummten.

»Diese Theorie würde voraussetzen, dass Elains Mutter auch eine Gestaltwandlerin ist«, sagte Ain schließlich.

Cail nickte.

Ain warf den Kopf zurück und kniff sich in den Nasenrücken. »Scheiße. Das hilft mir wirklich nicht, das alles zu widerlegen.«

»Es ist, was es ist, Ain. Zwei plus zwei ergibt nicht sieben, egal, wie sehr man es auch versucht.«

Für ein paar Minuten saßen sie schweigend da. »Also gut. Wir sagen es Brodey definitiv nicht, weil er den Mund nicht halten kann. Und wenn ich einen Erlass ausspreche, wird er nur sauer auf mich und bekommt ein schlechtes Gewissen, weil er ein Geheimnis vor Elain bewahren muss. Wir werden erst mal abwarten und schauen, was passiert. Ich wette, in ein paar Wochen finden wir heraus, dass es eine ganz einfache Erklärung dafür gibt.«

Cail nickte, sah aber nachdenklich auf seine Hände hinab. »Du klingst nicht so, als wärst du davon sehr überzeugt.«

Ain stand. »Das bin ich auch nicht.« Er blieb an der Tür stehen. »Pardie verschwand ungefähr zur gleichen Zeit, als Mom und Dad starben.«

»Was? Was zum Teufel willst du damit sagen?«

Ain drehte sich um und sprach noch leiser weiter. »Du weißt ganz genau, dass das Wrack und ihr Tod kein verdammter ›Unfall‹ waren. Sie haben uns damals gesagt, dass sie mit uns über etwas sehr Wichtiges sprechen müssen, dass sie sofort unsere Hilfe brauchen, und am nächsten Tag sind sie tot? Du weißt, was sie getan haben, was sie waren. Das hat sie wahrscheinlich in Gefahr gebracht.«

»Scheiße!« Cail sah fassungslos aus. »Glaubst du, Pardie hat sie getötet?«

»Ich weiß nicht, was ich glauben soll!« Ain rieb sich mit den Händen das Gesicht. »Ich weiß überhaupt nichts mehr. In Linas Vision hat sie nicht gesehen, wer sie getötet hat. Aber was war so verdammt wichtig, dass sie zu uns kommen mussten und es uns nicht am Telefon sagen konnten?«

»Sie haben uns vorher nie in ihre Arbeit einbezogen.«

»Aus verdammt gutem Grund.« Ain wusste nur, dass ihre

Eltern Verbindungen zu anderen Clans gehabt hatten und dabei geholfen haben, die wenigen faulen Äpfel wie zum Beispiel die Abernathys im Auge zu behalten. Gelegentlich hatten sie einen Gast für ein oder zwei Tage auf die Ranch gebracht. Gäste, die fast immer Frauen waren, die verängstigt aussahen und während ihrer kurzen Aufenthalte selten mehr als ein paar Worte sagten. Manchmal schwangere Frauen oder Frauen mit sehr kleinen Kindern.

Und manchmal waren es nur Kinder.

Ihre Eltern waren Teil eines komplizierten Netzwerks gewesen, das Menschen und Gestaltwandlern half, die verschwinden mussten, um sich vor was oder wem auch immer zu verstecken, wovor sie davonrannten. Über die Gründe hatten ihre Eltern nie offen mit ihren Kindern gesprochen, aber Ain wusste von seiner Position im Rat, dass es immer darum gegangen war, wer sie waren oder was sie getan hatten.

Je weniger Leute die Details kannten, desto sicherer war es für alle Beteiligten.

Vielleicht waren es diese Geheimnisse, die zum Tod ihrer Eltern geführt hatten.

»Was passiert, wenn wir herausfinden, dass Pardie sie getötet hat?«, fragte Cail.

Ain schüttelte langsam den Kopf. »Ich möchte nicht, dass Elain das erfährt.«

»Vielleicht musst du Lina anrufen und mit ihr reden.«

»Sie hätte uns angerufen, wenn sie Visionen gehabt hätte, die auf uns zutreffen.«

»Dann müssen wir unbedingt zu Lacey gehen«, sagte Cail.

Ain nickte.

»Warum willst du nicht, dass Elain erfährt, ob Pardie Mom und Dad getötet hat? Hat sie kein Recht darauf, es zu wissen?«

Ain warf einen Blick zur Wand, wo ein Familienfoto hing, das letzte, das sie mit ihren Eltern gemacht hatten.

»Wenn er sie getötet hat, möchte ich nicht, dass Elain es erfährt, weil ich den Hurenbock dann mit meinen bloßen Händen kalt machen werde.«

Es wäre sicherlich nicht das Schlimmste, was er je in seinem Leben getan hätte.

KAPITEL FÜNF

Später an diesem Nachmittag bereitete Elain gerade das Abendessen vor, als Brodey zur Haustür hereinkam und in der Küchentür stehen blieb. »Baby, kann ich dir etwas zeigen?«

»Was?«, fragte sie, ohne sich umzudrehen. Sie hatte vor, nach dem Abendessen allein mit ihm zu sprechen, da sie es geschafft hatte, das Schlimmste ihrer immer noch schwelenden Wut zu überwinden.

»Bitte?«

Mit einem aufgesetzten Seufzer warf sie das Geschirrtuch hin und folgte ihm zur Haustür.

»Mach die Augen zu.«

»Brodey.«

»Bitte?«

Er sah so traurig und gleichzeitig hoffnungsvoll aus, dass sie es tat.

Dann öffnete er die Tür, trat hinter sie und hielt ihr zur Sicherheit die Augen zu. Während er sie vorsichtig die Stufen hinunter und über den Vorgarten führte, hörte sie ein Geräusch.

Er beugte sich zu ihr und flüsterte ihr ins Ohr: »Okay. Also, ich weiß, dass ich deine Gefühle verletzt habe, und ich weiß, dass du jedes Recht hast, sauer auf mich zu sein. Bitte Baby. Ich liebe dich. Es bringt mich noch um. Vielleicht hilft dir das, nicht mehr ganz so sauer auf mich zu sein.«

Er nahm die Hände von ihren Augen.

Vor ihr stand Brodeys Wagen, mit einem großen Anhänger. Darin standen zwei Pferde, ein Palomino und ein Brauner.

Elain stiegen Tränen in die Augen, während sie sich umdrehte und ihre Arme um seinen Hals warf. »Oh mein Gott! Danke schön!«

Er vergrub sein Gesicht in ihrem Haar. »Ich versuche nicht, dich zu bestechen. Okay, vielleicht schon. Ich weiß, dass ich noch viel wiedergutmachen muss.« Er hob ihr Gesicht zu seinem. »Es tut mir leid, Baby. Ich bin ein verdammter Idiot und es tut mir so leid. Bitte sag mir, dass du darüber nachdenken wirst, mir zu vergeben.«

Elain schluchzte. Sie liebte ihn zu sehr, um noch länger wütend auf ihn zu bleiben. »Ich verzeihe dir, aber du musst dir für das nächste Mal eine bessere Erklärung einfallen lassen.«

Er lachte, umarmte sie fest und hob sie hoch, um sich mit ihr zu drehen. »Schatz, es wird kein nächstes Mal geben. Ich werde der ganzen Welt erzählen, dass du mein Mädchen bist, wenn das bedeutet, dass du mir verzeihst.«

* * *

BRODEY BRACHTE die Pferde in das Gehege hinter dem Geräteschuppen in der Nähe des Hauses. Nach dem Abendessen blieben die beiden anderen Männer drinnen, während Brodey Elain herausholte und ihr ein paar Grundlagen im Umgang mit Pferden zeigte. Mina, die Braune, war eine sechs Jahre alte Stute. Der Palomino Coot war ein zehn Jahre alter Wallach. Er zeigte ihr, wie man die Pferde striegelte, sattelte und aufzäumte. Dann half er ihr in den Sattel des Braunen und führte sie mit einer Hand an den Zügeln einige Minuten lang herum, bis sie sich wohl damit fühlte, allein zu reiten.

Elains schönes Lächeln ließ Brodeys Herz auf eine angenehme Weise schmerzen. Nachdem er Ain die Hölle heiß gemacht hatte, weil er sich wie ein Arschloch benommen und sie dazu gebracht hatte, vor dem Hurrikan nach Spokane zu fliehen, hatte er im Grunde dasselbe getan - sie verletzt.

Doch das würde er nie wieder tun.

Sie führte das Pferd vorsichtig zu ihm hinüber. »Wann können wir richtig reiten gehen?«

»Wir haben noch eine Stunde, bis es dunkel wird. Wir können einen kurzen, langsamen Ritt um das Haus machen, aber ich möchte nicht zu weit gehen.« Er öffnete das Tor und führte die Stute hinaus, dann stieg er in den Sattel des Wallachs. »Nur im Schritt. Ich will nicht, dass du jetzt schon etwas Schnelleres als das versuchst.« Er runzelte die Stirn. »Ich muss dir einen Reithelm besorgen. Mark hat zwar gesagt, dass Mina ein sanftes Mädchen ist, aber jedes Pferd kann sich erschrecken und den Reiter abwerfen.«

»Wirst du mir beibringen, wie man Vieh treibt?«

»Irgendwann schon. Aber erst musst du fest im Sattel sitzen. Sie ist dafür trainiert, aber du würdest mit deinem Hintern auf dem Boden landen und dann würden Ain und Cail sich darum streiten, wer mich töten darf.«

»Ich bin sicher, Ain würde seine Prime-Macht nutzen und dir zuerst in die Eier treten.«

Sie verbrachten die nächsten dreißig Minuten damit, in langsamem, gemächlichem Tempo der Zaunlinie um das Haus herum zu folgen. Als sie in den Stall zurückkehrten, zeigte Brodey ihr weitere Handgriffe und sie kümmerten sich zusammen um die Pferde. Nachdem sie fertig waren und die Pferde in die Pferche getrieben hatten, schlang Elain ihre Arme um Brodey und drückte ihre Wange an seine feste Brust. »Danke schön!«

Er schloss die Augen und vergrub sein Gesicht in ihrem Haar. »Bist du nicht mehr sauer?«

»Lass mich nachdenken - natürlich nicht!« Sie sah zu ihm auf. »Ich hoffe, Cail ist nicht sauer, dass du sie für mich gekauft hast.«

Brodey lächelte. »Was glaubst du, wessen Idee das war?« Er küsste sie. »Außerdem hätte ich sie sowieso gekauft. Er kennt sich mit Pferden kein bisschen aus, außer dass er reiten kann.« Brodey kuschelte sie und rieb seine Nase an ihrer. »Ich kümmere mich um die Pflege und Zucht.«

Sie lachte. »Ich wette, das mit der Zucht und der Paarung ist genau dein Ding.«

Er schlug ihr scherzhaft auf den Hintern. »Pass auf, Mädchen.« Aber er lächelte.

Sein natürlicher Duft, der sie vage an Zimt und Muskatnuss erinnerte, hatte sich mit dem Geruch der Pferde und Sattelseife vermischt und sie atmete wie berauscht ein. »Es tut mir leid, dass ich dich im Restaurant zurückgelassen habe.«

»Nein, entschuldige dich nicht. Ich habe es verdient.« Er wollte gerade etwas anderes sagen, als sie spürte, wie sein Handy in seiner Hemdtasche vibrierte.

Sie trat zurück, damit er rangehen konnte, doch er zog sie wieder an sich. »Nein, meine Voicemail kann drangehen.«

»Ach, quatsch.« Sie griff in seine Tasche und sah auf den Bildschirm, bevor er sie aufhalten konnte.

Es war Kimmie.

Elain spürte ihre Wut aufsteigen, gefolgt von sofortigem Schuldgefühl wegen ihrer Eifersucht, weil er sich gerade so angestrengt hatte, es wieder gutzumachen. Sie wollte das Handy wieder in seine Tasche stecken, doch er nahm es ihr ab und sah auf den Bildschirm.

Sein Gesichtsausdruck wurde hart und er drückte den Anruf weg, sodass direkt die Voicemail drangen. »Baby ...«

»*Schh.*« Sie stellte sich auf die Zehenspitzen und küsste ihn, drückte ihren Körper an seinen. Als Reaktion darauf spürte sie seine feste, wachsende Beule zwischen seinen Beinen an ihrem Bauch. »Ich liebe dich. Du liebst mich. Und ich vertraue dir.« Immerhin hatte er es nach Tagen des Elends für sie beide endlich geschafft, es wiedergutzumachen.

Er steckte das Telefon in seine Tasche und nahm sie in seine Arme. Seine Stimme war voller Verlangen und Hingabe. »Für immer, Schatz. Das verspreche ich.«

»Warum holen wir nicht etwas von der Zeit nach, die wir verloren haben?«

Er funkelte sie mit seinen grünen Augen an und grinste sie mit einem schiefen Lächeln an. »Ein bisschen ohne Sattel reiten?«

Sie fuhr mit den Fingern durch sein Haar. »Spring auf, Baby.«

Er lachte und trug sie zurück zum Haus. »Du bringst mich noch um, Süße.«

Ain und Cail mussten gespürt haben, dass Elain die Zeit allein mit Brodey brauchte, da sie nirgends zu sehen waren. Sie war davon ausgegangen, dass Brodey sich sofort auf sie stürzen würde, doch zu ihrer Überraschung brachte er sie zuerst in die Dusche. Unter dem warmen Wasser seifte er ihren Körper sanft ein und hielt sie dann in seinen Armen.

Elain schloss die Augen und genoss seine zärtlichen Berührungen. Seine Finger glitten über ihre Haut, streichelten und neckten sie. Nachdem sie die Seife abgespült hatte, drückte er sie gegen die Wand und kniete sich vor sie.

»Ich werde es wiedergutmachen, Baby. Das schwöre ich.«

Sie schob ihre Finger in sein Haar. »Das hast du schon.«

Er beugte sich vor, und als seine warme Zunge über ihren Kitzler strich, schloss sie die Augen. Elain fragte sich, wann er sie in seine Arme nehmen und ins Bett tragen würde, aber das tat er nicht. Stattdessen spreizte er sanft ihre Beine weiter auseinander, während er mit seiner Zunge tief in sie eindrang.

Er glitt geschickt in sie hinein und wieder heraus, umkreiste ihre geschwollene Klitoris, neckte und erkundete sie.

Sie musste sich mit beiden Händen an seinem Haar festhalten, um das Gleichgewicht nicht zu verlieren, während die Lust in ihr anschwoll und sich ihr Höhepunkt näherte. Sie hatte es vermisst, mit Brodey zu schlafen. Verdammt, sie hatte es in den letzten paar Tagen vermisst, mit allen dreien zu schlafen.

Er spürte ihre wachsende Lust und schob nun zwei dicke Finger in sie hinein, während er mit seiner Zunge weiterhin über ihre Klitoris glitt. Als ihre Leidenschaft überhandnahm und ihr Körper sich aufbäumte, machte sich Elain nicht die Mühe, ihre Schreie zurückzuhalten. Während sie lautstark kam, bearbeitete er sie unerbittlich mit seinen Fingern und seiner Zunge, bis sie zitterte und ihre Beine drohten, sie nicht mehr zu halten.

Dann legte sie ihren Kopf auf seine Brust.

»War das gut, Baby?«

Sie nickte schwach. Natürlich war es gut. Es war unglaublich, und das wusste er ganz genau.

Er küsste ihre Stirn, bevor er die Dusche abstellte und sie ins Badezimmer trug. Dort trocknete er sie ab und küsste dabei jeden Quadratzentimeter ihres Körpers.

Elain wusste, dass er hart war und dringend Erleichterung brauchte, aber als sie versuchte, mit ihren Fingern über seinen steifen Schwanz zu streichen, drehte er seine Hüften von ihr weg. »Nein, jetzt geht es um dich, Baby. Nicht um mich.«

Er nahm sie in seine Arme und legte sie sanft auf ihr Bett. »Dreh dich um, Süße.«

»Was?«

»Tu es einfach.«

Sie folgte seiner Aufforderung und legte ihren Kopf auf ihre Arme. Er würde sich beeilen müssen und seinen Schwanz schnell in sie stecken, da sie sonst einschlafen könnte. Einen Moment später spürte sie, wie sich das Bett senkte, als er sich über sie kniete und sich breitbeinig auf sie setzte.

Er verteilte etwas Kühles und Nasses auf ihrem Rücken. »Körperlotion«, erklärte er als Antwort auf ihre ungestellte Frage. Er fuhr mit seinen geschickten Fingern über ihre Oberarme und Schultern und entlockte ihr ein zufriedenes Stöhnen, während er begann, ihre verspannten Muskeln zu lockern.

Während er sich an ihrem Körper hinunter arbeitete, dachte sie, er könnte anfangen, sie für ein weiteres Vorspiel zu streicheln, aber das tat er nicht. Seine Hände strichen fest über die Rundungen ihres Hinterns, massierten ihre zarten Muskeln und dann die Rückseite ihrer Schenkel hinunter.

»Ohhh, Brod. Das ist sooo gut.«

Er lachte leise. »Es soll sich auch gut anfühlen.«

Auch wenn sie nicht einschlafen wollte, befürchtete sie, dass sie sehr bald wegnicken würde. »Willst du nicht noch etwas tun?«

»Nur, wenn du Lust dazu hast, sobald ich fertig bin. Ich will nicht, dass du morgen Muskelkater hast vom Reiten.«

»Wir haben doch gar nicht ... oh. Du meinst die Pferde.«

Er kicherte wieder. »Ja, Baby. Die Pferde.«

Sie hörte, wie sich die Schlafzimmertür öffnete. »Alles klar bei euch?«, fragte Ain.

»Ja, aber ich hoffe, dass ihr heute Abend kein Aerobic mehr erwartet«, flüsterte Brodey.

Cail kam herein. »Ist schon okay. Wenigstens habt ihr euch versöhnt.«

Elain stieß ein weiteres glückliches Stöhnen aus, während Brodey einen verspannten Muskel in ihrem Oberschenkel fand und bearbeitete.

Sie hörte, wie die Dusche anging und wusste irgendwann, dass sie abgedriftet war. Das Gefühl, der einsinkenden Matratze neben ihr, weckte sie. Sie schmiegte sich an Brodey, sein Arm war um ihre Taille geschlungen. Ain war neben sie ins Bett geschlüpft und küsste sie. »Gute Nacht, Schlafmütze.«

Bis kurz nach Sonnenaufgang am nächsten Morgen nahm sie nichts mehr wahr. Irgendwann hatte sie sich umgedreht und sich an Ain geschmiegt, und als sie die Augen öffnete, starrte sie in Cails schlafendes Gesicht.

Elain hob den Kopf und stellte fest, dass Brodey verschwunden war. Cails Augen öffneten sich. »Was ist los?«

»Wo ist er hin?«

»Zu den Scheunen«, sagte Ain hinter ihr. »Er hat sich freiwillig bereit erklärt, schon mal loszugehen und den Tag ohne mich zu beginnen.« Er strich mit seinen Lippen über ihren Nacken. »Ich glaube, er hat immer noch ein schlechtes Gewissen.«

Nun, das tat ihr leid. »Ich habe ihm gesagt, dass ich ihm vergeben habe.«

»Nicht deshalb«, stellte Cail klar, und ein verspieltes Lächeln umspielte seine wunderschönen Lippen. »Er hat dich zum Einschlafen gebracht, bevor wir mit dir spielen konnten.«

Wenn sie darüber nachdachte, war das warme, harte

Ding, das an ihrem Hintern rieb, Ains Schwanz. Sie wackelte gegen ihn, neckte ihn. Er schlang seinen Arm fest um sie und drückte seine Hüften gegen ihren Arsch.

»Du machst mich so geil, Baby. Und deshalb muss ich dich jetzt ficken.«

»Versprochen?«

Cail lachte. »Oooh, plötzlich ist sie hellwach.«

Ain rollte sie auf den Rücken. »Gut so.« Er küsste sie voller Hingabe, was ihr regelrecht den Atem nahm. Währenddessen setzte Cail sich auf und nahm eine ihrer Brustwarzen in seinen Mund, neckte und knabberte daran, bis sie fest und hart war. Seine Hand glitt ihren Bauch hinauf zu ihrer anderen Brust, wo seine Finger auch die andere Brustwarze verwöhnten, bis sie steif war.

Jede Bewegung, jedes köstliche Saugen und Beißen lösten pulsierende Wellen des Verlangens zwischen ihren Beinen aus. Ihre Männer wussten genau, wie man sie sofort feucht werden lassen konnte.

Cail hob den Kopf. »Willst du mehr, Baby?«

Sie konnte nicht sprechen, da Ain ihren Mund nicht freigab. Seine Zunge glitt über ihre, eroberte sie und zwang sie dazu, ihre Aufmerksamkeit auf köstliche Weise zwischen den beiden Männern aufteilen zu müssen. Elain murmelte etwas und hoffte, dass Cail verstehen würde, dass es ein Ja war, verdammt!

Der braunäugige Bruder küsste sich langsam ihren Körper hinab, seine Lippen und seine Zunge erkundeten und neckten sie. Als er sich zwischen ihre Beine kniete, blies er seinen warmen Atem über ihre empfindliche Klitoris und entlockte ihr ein weiteres Stöhnen.

Ain hob den Kopf und starrte ihr in die Augen. Plötzlich verstand sie den Ausdruck »in jemandes Augen versinken«, denn so fühlte sie sich immer, wenn sie in Ains graue Augen blickte. Sie versank darin auf die bestmögliche Weise.

Die Dinge auf seine Weise tun? In diesem Moment schien jede andere Möglichkeit lächerlich. Sie würde alles für ihn tun. Alles. Auch für Brodey und Cail.

»Ich liebe dich«, flüsterte sie.

Er lächelte, und sein Blick wurde noch weicher. »Hast du eine Ahnung, wie sehr wir dich lieben? Wie sehr *ich* dich liebe?«

Plötzlich sah Elain eine Szene vor sich, in der sie schwanger war und von ihren drei Männern umsorgt wurde. Ein Teil von ihr wollte es sofort wahr werden lassen, wollte verzweifelt, fast mehr als alles andere, auch in dieser Hinsicht ihre Gefährtin sein. Jeder Zentimeter ihres Körpers pochte vor tiefem, schmerzendem Verlangen.

Doch so schnell wie das Gefühl gekommen war, so schnell war es auch wieder verschwunden. Sie hatten noch viel Zeit für Kinder - alle Zeit der Welt.

Als sie gerade etwas sagen wollte, berührte Cail ihre Klitoris mit seinem Mund und strich sanft darüber. Von der Empfindung überrollt, schlossen sich ihre Augen wie von selbst und ihr Rücken wölbte sich, um sich noch fester gegen ihn zu pressen.

»Genau so, Baby«, flüsterte Ain. »Gib es uns.«

Es war ihr unmöglich, einen klaren Gedanken zu fassen. Cails heiße, nasse Zunge war alles, wofür sie sich interessierte. Doch gerade als sie dachte, sie würde explodieren, wich er zurück und zwang sie, seinem gemächlichen Tempo zu folgen.

Elain wand sich in seinen Armen. »Bitte, bitte.«

»Bitte *was*, Baby?«, neckte Ain sie. »Sag uns, was du willst.« Eine seiner Hände wanderte zu ihren Brüsten, kniff sanft zuerst eine Brustwarze, dann die andere, immer abwechselnd, was schon fast ausreichte, um sie zum Kommen zu bringen.

»Bitte lasst mich kommen!«

Zwischen ihren Beinen kicherte Cail. Seine Bemühungen wurden immer energischer, bis er schließlich ihre Klitoris zwischen seine Lippen saugte und damit ihren Höhepunkt auslöste.

Ain hielt sie in seinen Armen, während sie zitterte und ihr Orgasmus von einem Ende ihres Körpers zum anderen rollte und ewig zu dauern schien. Immer wenn sie dachte, es wäre vorbei, bewegte Cail seine Zunge etwas und löste damit eine neue Welle der Lust aus, die der vorherigen hinterherjagte.

Als sie es nicht mehr aushielt, schüttelte sie den Kopf hin und her. »Okay, okay.«

Ain küsste sie und Cail setzte sich auf. »Hat sie gerade wirklich aufgegeben?«, fragte Cail.

Er lachte. »Ich glaube schon.« Cail ging zur Seite, während Ain sich aufsetzte und die Position wechselte. »Dreh dich um, Baby.«

Sie kümmerte sich nicht darum, was sie sagten, sondern sonnte sich glückselig in den Nachwirkungen ihres Orgasmus. Er zog sie auf die Knie und drückte dann seinen Schwanz an ihren Eingang.

Elain stieß nach hinten und spießte sich auf. »Ist es das, was du wolltest?«, fragte sie und schnappte nach Luft.

Er lachte und packte ihre Hüften. »Ja, und das weißt du.«

Sie blickte in Cails Gesicht und bedeutete ihm mit dem Finger, zu ihr zu kommen.

»Was?«

Sie grinste. »Es sei denn, du hast etwas Besseres zu tun.«

Er stellte sich vor sie in Position. Elain schloss ihre Augen und nahm sein hartes Teil langsam in den Mund, genoss das Gefühl, beide Schwänze gleichzeitig in sich zu haben.

Cail holte tief und zischend Luft. »Oh Gott, Baby, das ist unglaublich.« Er schob ihr Haar zusammen und hielt es vorsichtig für sie zur Seite.

Warum hatte sie sich dagegen gewehrt, bei diesen drei Liebesgöttern einzuziehen? Arbeit? Was für eine Arbeit? Welcher Job war besser, als sich um drei gut aussehende, wohlhabende Männer zu kümmern, die ihr vollkommen ergeben waren?

Cails Finger krallten sich in ihr Haar, während seine Hüften sich im Takt bewegten. Jeder Stoß, den Ain machte, drückte sie auf Cails Schwanz. Sie liebte den Geschmack ihrer Männer. Während ihre Zunge Cails steifen Schaft erkundete und neckte, merkte sie, wie er seinem Höhepunkt immer näher kam, sogar schneller, als sie erwartet hatte. Sie konnte bereits den salzigen Vorgeschmack auf der Zunge schmecken.

Auch Ains Bewegungen nahmen an Geschwindigkeit und Kraft zu, seine Hände lagen auf ihren Hüften. Plötzlich hatte sie eine andere Szene vor Augen, in der sie mit allen drei Männern im Bett war und die Paarungszeremonie wiederholte, nur dieses Mal unter ihrer Kontrolle. Ain in ihrem Arsch, Cail tief in ihrer Muschi und Brodeys Schwanz in ihrem Mund.

Bei diesem Gedanken explodierte sie innerlich und ließ einen gedämpften Schrei los. Ihr Orgasmus war nicht ganz so stark wie der erste, aber trotzdem unglaublich. Sie saugte Cails Schwanz tief in ihren Mund, sodass sie mit der Zunge seinen Sack bearbeiten konnte.

»Heilige Scheiße!«, grunzte er und war nicht in der Lage, seinen Orgasmus länger zurückzuhalten. Sie schluckte gierig jeden Tropfen, den er in sie spitzte.

Der Anblick brachte auch Ain zum Höhepunkt und er rammte sie mit einem letzten Stoß, während er keuchend nach Luft schnappte.

Als sie einen Moment später aufs Bett stürzten, fragte Cail als Erster. »Oh Gott, Süße, geht es dir gut?«

Sie nickte, während sie sich an Ain kuschelte. Sie öffnete ihre Augen nicht. »Das war unglaublich!«

Cail kam ebenfalls näher und fragte vorsichtig: »Wir haben dir nicht wehgetan …«

»Mir geht es gut«, versicherte sie ihm. »Glaubt mir, das war …« Sie seufzte. »Das war einfach unfassbar.«

»Hast du Lust zu duschen oder willst du noch eine Weile im Bett bleiben?« Wenn sie ehrlich war, wollte sie am liebsten Brodey das Hirn herausficken.

Sie brauchte ihn.

»Lasst uns duschen gehen«, schlug sie vor.

Zwanzig Minuten später waren sie fertig, und sie wich den spielerischen Annäherungsversuchen der Männer aus, während sie sich anzog. Dann fuhren die beiden mit einem der Trucks zu den Scheunen. Elain wusste, dass Brodey inzwischen sicher etwas hungrig war und bereitete ihm einen Snack vor, dann nahm sie einen anderen Truck und fuhr los.

Auf halbem Weg zu den Scheunen hielt sie an und parkte den Truck. Es war eine gute Gelegenheit, um zu üben.

Sie schickte ihre Gedanken hinaus, suchte nach Brodey und spürte, dass er sich auf der nordwestlichen Weide befand. Genau dort fand sie ihn zwanzig Minuten später auch, wie er gerade einen Zaun reparierte.

Sie bemerkte, wie er in die Luft schnupperte, während sie sich ihm näherte. »Frisch geduscht, oder?«, fragte er mit einem belustigten Lächeln.

Elain reichte ihm eine Brotzeittüte aus Papier. »Wie hätte ich denn sonst hier auftauchen sollen?«

Er legte seine Arme um sie und sie konnte seine harte Beule spüren. »Nackt und verschwitzt, als hätte ich dich gerade gefickt.«

»Du bist zu früh aufgestanden, sonst wäre das sicher

passiert.« In seinen Augenwinkeln erschienen Fältchen und er grinste. »Du wärst hier nackt aufgetaucht?«

»Vielleicht nicht nackt, aber zumindest gut gefickt.«

Lachend hob er sie hoch und drehte sie herum. »Zwischen uns ist alles gut, oder?«

Sie schon ihre Finger in sein struppiges Haar. Der leicht zottelige Look stand ihm ausgezeichnet und sie fand, dass nur er sein Haar so tragen konnte. »Oh ja. Alles gut.« Sie sah sich um, nur um sicherzugehen, dass sie ganz allein waren. Als er sie wieder auf die Füße stellte, sank sie vor ihm auf die Knie. »Soooo gut.«

Er half ihr, seine Jeans zu öffnen, und da er keine Unterwäsche trug, sprang ihr zu ihrer Freude sein hartes Teil entgegen. Sie machte sich nicht die Mühe, ihr glückliches Stöhnen zu unterdrücken, während sie seinen pulsierenden Schwanz langsam in den Mund nahm.

Das Gefühl seiner Hände auf ihrem Hinterkopf fachte ihr eigenes Verlangen nur noch weiter an. Eifrig, ohne sich die Mühe zu machen, auf ihre Zähne zu achten, fuhr sie mit ihren Lippen und ihrer Zunge über seine seidige Haut.

Brodeys Augen fielen zu, ein leises, zufriedenes Knurren rumpelte durch seinen Körper, während sie ihn mit einem kleinen bisschen Schmerz und jeder Menge Vergnügen verwöhnte. Ein paar Minuten später rieb er seine Hüften gegen sie, immer härter und fordernder.

»Ich komme gleich, Baby«, knurrte er.

Sie krallte sich mit den Fingern in seinen Arsch, so gut das durch seine Jeans eben ging, und nahm ihn noch tiefer in den Mund. Sie wollte es, sehnte sich danach. Brauchte es.

Ihr Gefährte.

Ihrer.

Ohne sich die Mühe zu machen, ihr eigenes Knurren zu unterdrücken, kratzte sie mit ihren Zähnen über seinen Schaft und löste damit seinen Höhepunkt aus. Als seine

Finger sich in ihre Kopfhaut gruben, stieß er seinen Schwanz mit voller Wucht zwischen ihren Lippen und ein tiefes Knurren der Lust stieg aus ihrem Innern wie heiße Lava.

Sobald er fertig war, ließ er sie los und sank auf die Knie. Er nahm sie in seine Arme, ließ sich mit ihr ins Gras fallen und streichelte ihren Rücken über ihr Oberteil.

Sie lauschte seinem rasenden Herzschlag durch sein Hemd, bis es schließlich langsamer wurde und sich beruhigte. Sie hatten sie gewarnt, dass der Wunsch, bei ihnen zu sein, sich manchmal wie ein körperliches Grundbedürfnis anfühlen würde. Es war wie eine dringende Not, die unbedingt erfüllt werden musste.

»Alles okay?«, fragte er sie schließlich. Sein besorgter Unterton war ihr nicht entgangen und sie kicherte. »Mir geht's gut. Und dir? Ich habe dir nicht wehgetan, oder?«

»Nur auf eine gute Art.« Er rollte sie auf den Rücken, damit er ihr in die Augen sehen konnte. »Soll ich irgendetwas für dich tun?«

Sie küsste ihn. »Ich kann bis heute Abend warten.« Sie hatte fest vorgehabt, sich von Brodey rannehmen zu lassen, aber ihn so zu befriedigen, hatte ihre eigene Lust vorübergehend gestillt.

Außerdem wusste sie, dass sie ihn jederzeit zu einem Quickie verleiten konnte.

KAPITEL SECHS

*D*as Leben auf der Ranch war zu einer scheinbaren Normalität zurückgekehrt. Ein paar Tage später, am Donnerstagabend, fuhren sie zum Essen und Einkaufen nach Arcadia, Elain saß auf dem Beifahrersitz in Ains Truck - Brodey und Cail auf dem Rücksitz. Ain wollte sie gerade etwas fragen, als ihr Handy klingelte.

Er runzelte bei ihrem Stöhnen fragend die Stirn. »Was ist los?«

»Das ist meine Mutter.«

»Sag ihr liebe Grüße von mir«, witzelte Brodey. Er hatte Elain bis Spokane aufgespürt und sich dort als Ain ausgegeben, damit ihre Mutter keinen Verdacht schöpfte.

Elain warf ihm einen warnenden Blick zu, während sie den Anruf entgegennahm. »Hallo Mom.«

»Wie geht es meinem Baby?«

»Mir geht es gut.«

»Behandelt dich dieser Mann gut? Benimmt er sich?«

Sie bemerkte Ains Blick und zwinkerte ihm zu. »Alles ist in Ordnung, Mom. Alles ist gut.«

»Also hat er dich doch dazu gebracht, deinen Job zu kündigen?«

Sie wusste, dass die Männer mit ihrem sensiblen Gehör dem Gespräch zuhören konnten, obwohl sie ihr Handy nicht auf Lautsprecher gestellt hatte. »Ich habe mich entschieden, Urlaub zu nehmen. Nach dem Hurrikan ist mir klar geworden, dass es ein paar Dinge im Leben gibt, die wichtiger sind als ein Job.« Ain streckte die Hand aus, schob seine Finger zwischen ihre und drückte sie sanft.

Carla stieß einen Seufzer der Enttäuschung aus. »Du hast diesen Job geliebt.«

»Ja, ich weiß, aber ich liebe Ain noch mehr, Mom.« Sie hatte immer noch Schwierigkeiten, im Singular zu sprechen, wenn sie über ihre Männer sprach, und nur Ain zu erwähnen, nicht auch Brodey und Cail. »Ich genieße das. Ich nehme mir sechs Monate Zeit. Wenn ich dann wieder arbeiten will, werde ich es tun.«

In der Stimme ihrer Mutter waren deutliche Zweifel zu hören. »Ist er damit einverstanden?«

»Es war sein Vorschlag. Und ganz ehrlich? Ich genieße es, eine Hausfrau zu sein.«

Da kicherte Brodey vom Rücksitz und Cail schlug ihm auf die Schulter, um ihn zum Schweigen zu bringen.

»Und«, fügte Elain schnell hinzu, »Ain hat sogar vorgeschlagen, dass ich noch mal studieren gehen könnte, um einen anderen Abschluss zu machen. Er hat angeboten, dafür zu bezahlen. Egal, was.«

»Wirklich?«

»Ja …« Nach ein paar Minuten schaffte sie es, ihre Mutter zufriedener klingen zu lassen und schließlich das Gespräch zu beenden.

Ain warf ihr einen Blick zu. »Du vermisst sie, oder?«

»Wie kommst du da drauf?« Sie bemerkte seine hochgezogene Augenbraue. »Du musst zugeben, das war eine ziemlich dumme Frage, Mr. Prime.«

Er drückte ihre Hand und sie lächelte. »Stimmt. Wann kommt sie?«

Elain war nervös wegen ihres Besuchs. »Eine Woche vor der Hochzeit. Sie weiß, dass ich auf der Ranch wohne, aber ich glaube, sie hat vor, bei uns zu bleiben. Ihr hat die Vorstellung nicht gefallen, ohne mich in Venice zu bleiben.« Die Hochzeit sollte in sechs Wochen stattfinden.

Brodey schnaubte auf dem Rücksitz. »Das war's dann wohl mit Nacktbaden im Pool.«

»Es wird gar nichts mehr geben, Süßer«, schoss sie zurück. »Und wir werden in getrennten Schlafzimmern schlafen müssen.«

»Aber du kannst unsere Hunde nicht aus deinem Zimmer werfen, sie schlafen immer bei dir«, sagte Cail mit gespieltem Entsetzen. »Es wird ihnen das Herz brechen, wenn sie nicht mehr bei dir schlafen können!«

Sie lachte. Der Versuch, es heimlich mit Drillingen zu treiben, die auch noch Gestaltwandler waren, würde ihre Nerven während des Besuchs ihrer Mutter sicher auf die Probe stellen. Ganz zu schweigen von den logistischen Schwierigkeiten.

Am Anfang hatte Elain eine große, formelle Hochzeit gewollt. Doch nachdem sie Ain beinahe verloren hätte, hatte sie ihre Prioritäten neu geordnet.

Nicht in der Lage zu sein, ihre Liebe öffentlich zu erklären und alle drei Männer zu heiraten, dämpfte ihre Begeisterung. Sie würde Brodey und Cails Ringe vor der Hochzeit heimlich an ihre rechte Hand schieben. Später, sobald sie aus den Flitterwochen zurückkehrten und ihre Mutter nicht mehr da war, würde Elain sie endlich an ihrem rechtmäßigen Platz an ihrer linken Hand tragen können.

Die anderen Gestaltwandler aus der Gegend, die an der

Hochzeit teilnehmen würden, wussten, dass Elain nicht nur Ain liebte. Doch um die Scharade und ihren eigenen Frieden und ihre Sicherheit zu bewahren, würden sie nichts sagen und helfen, es zu vertuschen.

Sie aßen in einem Steakhouse zu Abend, zu dem die Männer Elain noch nie ausgeführt hatten. Sie saßen an einem Tisch in der Ecke, Elain zwischen Brodey und Ain, und sie war etwas verunsichert, da sie sich fragte, ob die anderen Gäste den Anblick seltsam finden könnten.

Ain lehnte sich zu ihr und küsste sie hinter ihrem Ohr. »Niemand schaut zu uns, Schatz. Und wir werden dich schon nicht vor aller Augen vögeln.« Sie hatte gerade einen Schluck Eistee im Mund und musste sich zusammenreißen, ihn nicht über den Tisch zu prusten.

Brodey schlug ihr auf den Rücken, während sie hustete und würgte. »Geht es wieder?«

Sie nickte und schaffte es, den Eistee zu schlucken. »Ja, ich werde es überleben.« Sie schubste Ain. »Das war gemein.«

Er funkelte sie mit seinen grauen Augen an. »Nein, war es nicht.« Dann streichelte er ihr Kinn mit seinen Fingern und sprach im Geiste mit ihr. *»Gemein wäre es, dir zu sagen, wie sehr ich dich jetzt gerade ficken möchte, und dir detailliert zu beschreiben, was ich später mit dir machen werde.«*

Elain schnappte nach Luft, da sie unwissentlich den Atem angehalten hatte. »Ja«, flüsterte sie. »Das wäre gemein.«

Cail sah amüsiert zu. »Hör auf, sie zu quälen, Ain.«

Ain küsste sie auf die Stirn. »Später«, flüsterte er.

Sie hatten ein köstliches Abendessen und sie aß viel zu viel. Aber sie würde beim Einkaufen im Supermarkt und danach zu Hause mit den Jungs die Kalorien sicher wieder verbrennen.

Nach dem Essen stieß sie Ain sanft an. »Entschuldigung, ich muss mal auf die Toilette.«

Er stand auf, um sie vorbeizulassen. Das große Restaurant war in mehrere Bereiche aufgeteilt, wodurch die Tische fast wie ein Labyrinth angeordnet waren. Schließlich fragte sie nach dem Weg zu den Toiletten und wurde in die richtige Richtung gewiesen.

Während sie durch eine Flügeltür und einen langen Korridor ging, hatte sie plötzlich das Gefühl, dass jemand hinter ihr war, und tatsächlich ging ein Mann hinter ihr in dieselbe Richtung.

Instinktiv spannte sich Elains Körper auf eine Weise an, die sie nicht verstand. Sie zwang sich, nicht loszurennen, sondern normal weiterzugehen.

Der Mann ging ebenfalls zu den Toiletten.

Dumm! Willst du wirklich in einem Badezimmer in die Enge getrieben werden?, dachte sie sich.

In der Toilette hingen alte Fotos und andere Erinnerungsstücke an den Wänden und sie blieb vor einem Bild stehen und sah es sich interessiert an. Aus dem Augenwinkel beobachtete sie, wie ein Mann, dem Aussehen nach nicht viel älter als sie selbst, auf sie zukam. Er war groß, kräftig, hatte dunkelbraunes Haar und kam ihr vage bekannt vor.

Elain konnte nicht anders, als ihm ins Gesicht zu sehen. Seine grünen Augen schienen sie magisch anzuziehen, ein anderer Farbton als Brodeys, aber genauso intensiv.

Ihr Herz raste.

Er lächelte sie freundlich an und sie beruhigte sich plötzlich. »Interessantes Bild, nicht wahr?«

Sie nickte, unfähig, unter der Kraft seines Blicks zu sprechen. *Warum zum Teufel kommt er mir so verdammt bekannt vor?*

Er zeigte auf einen der Männer auf dem Foto, eine Gruppe von Viehzüchtern, die vor einem alten Gebäude in der Innenstadt von Arcadia standen. Das Foto war aus den 1940er-Jahren. »Ich glaube, das ist der Typ, von dem Ain das Grundstück gekauft hat. Ich kannte ihn schon Jahre vorher.

Er war einer der Ersten, der in diese Gegend gezogen ist und mit … anderen Leuten zusammen Ländereien gekauft hat.«

Ihre Augen weiteten sich. »Du kennst Ain?« Das entspannte sie ein wenig, obwohl ihr Herz immer noch raste. Sie versuchte, sich daran zu erinnern, was Cail ihr beigebracht hatte, aber ihr wurde klar, dass ihr Puls und ihre Gedanken zu schnell rasten, sodass sie sich nicht konzentrieren konnte. Aber sie konnte den vagen Hauch eines vertrauten Geruchs wahrnehmen, der sie beruhigte.

Er nickte. »Ich kenne ihn und seine Brüder.« Sein Blick wanderte ihren Körper auf und ab, aber nicht auf anzügliche Weise, sondern eher so, als würde er versuchen, sich ihr Aussehen genau zu merken. Sie bemerkte einen gewissen Akzent in seiner Stimme, konnte ihn aber nach den paar Worten, die er gesprochen hatte, nicht zuordnen.

»Ich bin Elain.« *Warum zum Teufel habe ich das gesagt?* In seiner Gegenwart fühlte sie sich seltsam nervös und gleichzeitig sicher.

Er nickte. »Ich weiß.« Er lächelte wieder, doch dieses Mal war es traurig. »Du siehst genauso aus wie deine Mutter.«

Sie wollte ihn gerade fragen, woher zum Teufel er das wissen konnte, als aus der Küche ein lautes Krachen und Fluchen ertönte, da jemand offenbar etwas fallen gelassen hatte, das sich wie ein ganzes Tablett voller Geschirr anhörte.

Elain drehte sich instinktiv zur Küchentür, dem Lärm entgegen, und als sie sich wieder umdrehte, war der Mann verschwunden.

Ein Schauer lief ihr den Rücken hinunter und sie eilte in eine der Kabinen. Sie konnte es kaum erwarten, ihren Männern von der Begegnung zu erzählen, doch während sie zum Tisch zurückging, kam ihr ein anderer Gedanke. Was genau wollte sie ihnen erzählen? Sie nahm den langen Weg durch das Restaurant, konnte den Mann aber nirgends sehen.

Wie genau würde dieses Gespräch ablaufen? *Hey Jungs, ein mysteriöser Fremder hat gerade Hallo zu mir gesagt, er weiß, wer ihr seid und dass ich wie meine Mutter aussehe.*

Als ob das nicht dazu führen würde, dass Ain und die anderen vor Sorge durchdrehen würden.

Außerdem war er nicht gruselig gewesen wie dieser ältere Typ, den sie in der Stadt gesehen hatte. Ain stand auf, damit sie Platz nehmen konnte.

»Was ist los, Süße?«, fragte Cail sofort.

Sie schüttelte den Kopf. »Ich glaube, ich habe zu viel gegessen.«

Alle drei Männer sahen sie ein wenig misstrauisch an, fragten aber nicht weiter.

Auf dem Heimweg hielten sie an, um einzukaufen. Ain schob den Einkaufswagen, während sie die Liste vorlas, und Brodey und Cail gingen auf die Suche nach den von ihr gewünschten Artikeln.

Als sie sich gerade über die Fleischtheke beugte und die verschiedenen Braten begutachtete, spürte sie ein Kribbeln am unteren Ende ihrer Wirbelsäule. Sie hob den Blick. In der verspiegelten Rückwand der Fleischtheke sah sie das Spiegelbild eines älteren Mannes, der am Ende eines der Gänge stand. Er schien sie zu beobachten.

Elain holte tief Luft. Er war definitiv der ältere Typ, den sie neulich im Restaurant und auf dem Parkplatz beim Einkaufen gesehen hatte. Sein dunkler, intensiver und gruseliger Blick verunsicherte sie. Überhaupt nicht die gleiche Ausstrahlung wie der andere Fremde vom Steakhouse.

Ain kam neben sie. »Ich könnte eine Kuh in der Zeit schlachten und ausnehmen, die du brauchst, um einen Braten auszusuchen, Baby«, sagte er mit einem Kichern.

Sie drehte sich um und wollte ihm gerade von dem Typen erzählen, doch er war verschwunden.

Ain runzelte die Stirn. »Was ist los?«

Sie blickte sich im Laden um, konnte ihn aber nicht sehen.

»Nichts.« Sie schüttelte den Kopf, nahm zwei Braten und warf sie in den Einkaufswagen. »Nichts. Ich bin nur müde. Lass uns Brodey und Cail suchen und bezahlen. Wir haben alles, was auf der Liste stand.«

Beim Bezahlen sah sie sich immer wieder nach dem Typen um, doch er war wie vom Erdboden verschluckt.

KAPITEL SIEBEN

*A*m nächsten Morgen saß Elain am Küchentisch und ging gerade ihre Checkliste für die Hochzeit durch, als es an der Haustür klingelte. Es war Freitagmorgen und ihre Jungs waren alle auf der anderen Seite des Grundstücks und kümmerten sich um die Rinder.

Der junge Mann, der auf der vorderen Veranda stand, sah aus, als wäre er Mitte zwanzig. Er hatte dunkelbraunes Haar, strahlend blaue Augen und einen schlanken, durchtrainierten Körper, soweit sie das unter seiner Jeans und seinem Arbeitshemd erkennen konnte.

Ihr kam die Begegnungen vom vorherigen Abend im Restaurant wieder in den Sinn und sie atmete instinktiv ein und konzentrierte ihre Sinne auf den Duft, der ihn umgab.

Gestaltwandler.

Er lächelte nervös. »Hallo. Ist Aindreas da?«

Elain würde noch nicht behaupten, eine Expertin für Gestaltwandler-Zeug zu sein, aber sie ließ sich einen Moment Zeit und dachte an Cails Lektionen. Dann schickte sie ihre Gedanken nach draußen und ließ sich von ihren

Instinkten leiten. Der junge Mann schien nervös und ängstlich, aber nicht gefährlich zu sein.

»Er arbeitet. Ich bin Elain.«

Er nickte. »Micaiah Donovan. Aber alle nennen mich Micah.« Der Name kam ihr bekannt vor. Dann erinnerte sie sich, dass er einer der Cousins der Lyall-Brüder war und sie ihn sogar zur Hochzeit eingeladen hatten. »Komm doch rein.« Sie führte ihn in die Küche und bot ihm ein Glas Eistee an.

»Danke.« Er setzte sich an den Tisch, warf einen Blick auf ihre Brautzeitschriften und die Liste und errötete.

Elain stellte ihm das Glas hin und griff nach ihrem Handy. Da er sich sichtlich unwohl fühlte, wurde auch sie immer nervöser. »Was ist los, Micah?«

Er errötete wieder und sah nach unten. »Ich bin … Ich habe … Oh, man.« Er schloss die Augen. Als er wieder sprach, klang seine Stimme leise. »Ich habe ein Problem. Ein schlimmes Problem. Ein *riesiges* Problem.«

Sie setzte sich ihm gegenüber, da sie Mitleid mit ihm hatte und streckte die Hand nach seiner aus. »Willst du darüber reden?« Sie konnte eine regelrechte Welle der Verzweiflung und Traurigkeit von ihm spüren.

Er sah auf und Tränen stiegen ihm in die Augen. Er schüttelte den Kopf. »Ich weiß nicht, wie ich darüber reden soll. Es ist … es ist wirklich, *wirklich* schlimm.« Sie sprach instinktiv weiter, da es sich richtig anfühlte. »Fang ganz von vorn an.«

Er holte tief Luft. »Ich wohne oben in Tampa. Ich habe dort ein Unternehmen?« Er schloss die Augen, drückte sie fest zu. »Ich glaube, ich habe meinen Seelenverwandten gefunden.«

»Das ist großartig!«

Er schüttelte energisch den Kopf, seine Stimme war leise und angespannt. »Nein. Nein, ist es nicht. Es ist schrecklich.«

»Warum? Ist ...« Elain seufzte. »Ist sie schon vergeben?«
Der Kodex der Vorfahren verbot es Gestaltwandlern, mit
ihrer Einen zusammenzukommen, sollte sie bereits verhei-
ratet sein. Eine Tatsache, die bei Ain am Anfang für Verwir-
rung gesorgt hatte, da Elain bei ihrem ersten Kennenlernen
die Ringe ihrer Großmutter getragen hatte. Brodey und Cail
hatten daraufhin ein wenig hinter Ains Rücken herumge-
schnüffelt und herausgefunden, dass sie sie nur trug, um
nicht angemacht zu werden.

Er schüttelte wieder den Kopf und lachte verbittert.
»Nein, das wäre mein geringstes Problem.«

Jetzt war sie verwirrt. »Micah, was ist los?«

Er holte noch einmal tief Luft. »Wir haben letzte Woche
einen neuen Bauleiter eingestellt. Ich habe ihn erst vor zwei
Tagen kennengelernt. Und er ist der Eine für mich.«

Sie sah ihn an. »Ach, du bist schwul? Ich verstehe nicht,
warum das ein Problem ist.«

Er schüttelte den Kopf. »Nein. Ich bin *nicht* schwul. Das
ist ja das Problem. Und ich bin mir ziemlich sicher, dass
dieser Kerl es auch nicht ist.«

»Aber ...« Langsam wurde ihr klar, wie verstrickt die
Situation war. »Du bist hetero, und dieser andere Typ ist es
auch, aber er ist ganz sicher der Eine für dich?«

In ihrem Clan mussten Alpha-Gestaltwandler ihre
Gefährten finden. Und wenn sie ihn oder sie endlich
getroffen hatten, litten sie unter einem instinktiven, unstill-
baren Bedürfnis nach ihnen, bis sie sich mit ihnen gepaart
und sie markiert hatten. Das hatte Elain am eigenen Leib
erfahren. Sobald ein Alpha seine Eine getroffen hatte, konnte
er niemand anderen mehr lieben, auch wenn seine Eine
schon vergeben war.

Er nickte. »Das ist ein verdammt großes Problem.«

Fassungslos lehnte sie sich zurück.

Er sprach weiter. Jetzt, wo er es jemandem anvertraut

hatte, sprudelten die Worte nur so aus ihm heraus. »Ich meine, verdammt, ich bin *nicht* schwul! Ich hab vorher noch nie daran gedacht, es mit einem Typen zu treiben. Aber als ich ihn gesehen habe, hätte ich ihn am liebsten sofort flachgelegt. Ich geh schon seit einer Weile mit diesem Mädchen aus, nettes Mädchen. Ich wusste, dass sie nicht meine Eine ist, aber wir hatten Spaß im Bett, verstehst du? Also bin ich sofort in meinen Wagen gesprungen und zu ihr gefahren, weil ich normalerweise immer sofort einen Ständer bekomme, wenn ich sie sehe. Aber ich konnte mich nicht einmal dazu bringen, sie zu küssen.«

Er ließ seinen Kopf auf seine Arme fallen. »Ich bekomme diesen Typen nicht aus dem Kopf. Dann bin ich zurückgegangen, um mit ihm zu reden, habe irgendeinen Scheiß über die Baustelle erfunden, nur um in seiner Nähe zu sein und … Scheiße!«

Er hob den Kopf. Tränen rannen über sein Gesicht. »Ich habe natürlich versucht, ganz entspannt und lässig zu sein, verstehst du? Er hat erzählt, dass er am Abend vorher mit einem Mädchen auf einem Date war. Am liebsten hätte ich herausgefunden, wer es ist, um ihr den verdammten Kopf abzureißen! Ich meine … ich bin *nicht* schwul!«

Elain schaffte es irgendwie, ihr Lachen zu unterdrücken und ernst zu bleiben. Dieser arme Kerl war offensichtlich total verstört.

Aber es war trotzdem ziemlich lustig.

»Lass mich sehen, ob ich Ain dazu bringen kann, an sein Handy zu gehen.« Sie rief ihn wieder an und sprach auf seine Mailbox. Dann versuchte sie es bei Brodey und Cail, doch auch da hatte sie keinen Erfolg. Sie vermutete, dass sie sich in der nordöstlichen Ecke des Grundstücks befanden, war sich aber nicht sicher.

Er nahm einen Schluck Eistee. »Ich bin am Arsch, Mann. Was zum Teufel soll ich tun?«

»Lass uns rausgehen, um die Jungs zu suchen.« Sie schnappte sich den Schlüssel für einen der Trucks und führte ihn nach hinten hinaus.

Elain fuhr, während Micah zusammengesackt auf seinem Platz saß und mürrisch aus dem Fenster starrte. Sie schickte ihre Gedanken hinaus und versuchte, die Männer ausfindig zu machen. Da sie den Weg zu den großen Scheunen kannte, fuhr sie erst mal dorthin. Auf halbem Weg spürte sie ihre Männer und bog in einen Feldweg ein. Zehn Minuten später entdeckte sie ihren Arbeitswagen in der Ferne.

Als sie vorfuhr, drehte Ain sich um, und sie fragte sich, wo Cail und Brodey waren. Dann entdeckte sie die beiden draußen auf dem Feld, wo sie verwandelt herumrannten und versuchten, Vieh von einer Weide zur anderen zu treiben.

»Was ist los?«, fragte Ain, während er zu ihnen herüberkam - sie küsste ihn und er legte seinen Arm um ihre Taille. Seine durchdringenden grauen Augen waren auf Micah gerichtet. »Was ist passiert?« Er schüttelte seinem Cousin die Hand.

Micah sah immer noch elendig aus. »Ich habe ein Problem.« Sie gingen zu dem anderen Wagen und Elain setzte sich auf die Heckklappe. Auf der Ladefläche entdeckte sie die Kleidung von Brodey und Cail.

»Okay, spuck es schon aus«, sagte Ain.

Die beiden pechschwarzen Wölfe waren mit dem Viehtreiben fertig. Einer von beiden, sie spürte instinktiv, dass es Brodey war, verwandelte sich für einen Moment und schloss das Tor. Danach nahm er wieder seine Wolfsgestalt an und rannte zu ihnen.

Cail erreichte sie zuerst und verwandelte sich. »Hey, Micah.« Er beugte sich vor und küsste Elain. »Was ist los?« Dann griff er auf die Ladefläche des Lastwagens nach seinen Kleidern und fing an, sie anzuziehen.

Als Brodey sie ebenfalls erreichte, warf er Elain beinahe

um, da er sich beim Rennen verwandelte und sie dann packte und küsste. »Baby! Wie geht's?« Er drehte sich um und schlug Micah freundschaftlich auf den Arm. »Hey, Alter.«

Brodey musterte seinen Cousin mit seinen grünen Augen und Elain vermutete, dass er eifersüchtig war, weil Micah so nahe neben ihr stand.

Sie reichte Brodey seine Kleider, damit er sich auch anziehen konnte.

»Micah wollte uns gerade von seinem Problem erzählen«, sagte Ain.

Armer Micah. Er wurde rot, senkte den Blick und erzählte dann seine Geschichte.

Elain hoffte, die Brüder würden ihrem Cousin einen guten Rat geben können, doch als Micah seine Geschichte beendet hatte, brachen die anderen Männer in Gelächter aus.

Elain wurde sauer und hatte Mitleid mit Micah, also sprang sie von der Heckklappe und stellte sich neben ihn. »Das ist nicht lustig, ihr Arschlöcher!«

Ain funkelte sie an. »Was habe ich dir über dein loses Mundwerk gesagt, Baby?« »Das ist mir egal! Er hat ein Problem und braucht eure Hilfe. Aber ihr drei verhaltet euch wie Idioten!«

Sie erwähnte nicht, dass sie sich wegen der Geschichte auch das Lachen verkniffen hatte.

Brodey schüttelte den Kopf, immer noch lachend. »Alter! Du bist so was von am Arsch. Die Göttin muss dich wirklich hassen, dass sie dir das antut!«

Cail versuchte zumindest, mit dem Lachen aufzuhören, doch sein amüsiertes Grinsen verriet ihn. »Das ist auch für mich neu. So etwas habe ich noch nie gehört.«

Ain funkelte Elain immer noch an, da sie fluchte und ihm widersprochen hatte. »Wenn du den Einen gefunden hast, gibt es kein Zurück mehr, Micah. Das weißt du.«

»Aber ich bin nicht schwul!«

Ain zuckte mit den Schultern. »Ich weiß nicht, was ich dir sagen soll.«

»Gibt es da nicht irgendein Schlupfloch? Du bist doch Teil des Rates. Kannst du keinen Weg finden, diese Verbindung zu beenden?«

»Es ist unmöglich, die Verbindung zu beenden. Wenn ein lediger Gestaltwandler seinen Gefährten gefunden hat, war es das. Es ist nicht wie bei uns, wo alle drei zustimmen mussten. Ich meine, du könntest dich dagegen wehren, ihn feuern oder woanders hinziehen oder so, aber es gibt keine Möglichkeit, die Verbindung zu beenden. Es sei denn, du bringst dich um. Oder der Typ bringt sich um. Und selbst dann könnte es nach hinten losgehen, weil du dich bereits mit ihm verbunden fühlst.«

Micah sah ihn entsetzt an. »Nein! Ich … Nein! Das könnte ich nie! Ich … ich …« Er sah nach unten. »Scheiße!«, schrie er.

»Du liebst ihn«, sagte Elain.

Micah nickte. »Ich bin *nicht* schwul!«

»Ich glaube, jetzt bist du es, Alter«, schnaubte Brodey, woraufhin Elain ihm auf die Schulter schlug. Doch es war, als würde man mit einer Fliegenklatsche gegen einen Mammutbaum schlagen. »Hör auf! Das ist nicht witzig!«

Brodey funkelte sie an, woraufhin sie innehielt.

Ain knurrte. »Beruhige dich, Baby. *Sofort*.«

Elain rollte mit den Augen, verstummte aber. Verdammte Prime-Erlasse.

Dann sprach Cail mit ernster Stimme und fuhr sich dabei mit der Hand durchs Haar. »Am Sonntag findet hier eine Ratssitzung statt. Bei Vollmond. Du kannst ihn für die Paarungszeremonie hierherbringen.« Die große Ranch wurde aufgrund ihrer abgeschiedenen Lage häufiger als Treffpunkt von anderen Gestaltwandlern aus der Gegend genutzt.

»Ich bin nicht schwul!«, protestierte Micah wieder.

»Alter«, sagte Brodey, »das spielt keine Rolle. Wenn er dein Einer ist, dann ist er das. Entweder du akzeptierst das, oder du musst dich damit abfinden, niemanden zu haben.«

»Scheiße!« Micah trat gegen einen Stein und ging ein kurzes Stück davon. Er blickte in den Himmel und heulte vor Wut. »SCHEISSE!«

* * *

ELAIN WOLLTE Micah zurück zum Haus fahren, aber Ain nahm ihr die Schlüssel ab und warf seine Brodey zu. »Ich fahre ihn. Du kannst mit ihnen mitfahren.«

Der Schärfe in seiner Stimme nach zu urteilen, vermutete sie, dass sie später Ärger bekommen würde, weil sie ihm vor einem anderen Gestaltwandler widersprochen hatte. Doch das war es ihr wert. Sie hatte sich ihr Lachen verkniffen und fand, dass die drei Brüder mit ihren zweihundertachtund-dreißig Jahre alt genug waren, um sich ein paar Minuten lang zusammenzureißen.

Sie glitt auf die vordere Sitzreihe zwischen Brodey und Cail, dann folgten sie Ain und Micah zurück zum Haus.

Cail tätschelte ihr den Oberschenkel. »Du weißt, dass du das nicht kannst, Süße.«

Sie wusste, dass er ihren Ausbruch meinte. »Das ist mir egal. Ihr wart so gemein.«

»Tu doch nicht so, du wolltest doch auch lachen, oder?«

Sie seufzte. »Ja. Aber ich habe es geschafft, es nicht zu tun.«

Brodey legte einen Arm um ihre Schultern. »Schatz, das ist komplett verrückt, selbst für Gestaltwandler, aber es ist bei Weitem nicht das Verrückteste, was du jemals bei uns sehen wirst, glaub mir. Du kannst Ain nicht so vor einem anderen Gestaltwandler widersprechen. Wenn wir drei allein sind, ist das anders. Gott sei Dank war Micah viel zu aufgebracht, um überhaupt zu realisieren, was du getan hast, sonst hätte Ain dir sofort den Arsch versohlt.«

»Ist mir egal.«

Cail nahm ihre Hand und schob seine Finger zwischen ihre. »Du willst, dass er dir in der Öffentlichkeit den Arsch versohlt, weil du ihm vor einem anderen Gestaltwandler widersprochen hast?«

»Das würde er nicht!«

»Das würde er, glaube mir. Er ist Prime-Alpha. Das bedeutet nicht, dass du ihm nicht widersprechen kannst, aber wie du dich vor anderen präsentierst, sagt etwas über ihn aus. Das gilt auch für uns. Wenn es so aussieht, als würde unsere Gefährtin uns auf der Nase herumtanzen, ist das nicht gut.«

»Und dann? Werdet ihr von der Gestaltwandel-Sittenpolizei vorgeladen, weil ihr Schwächlinge seid?«

Brodey schnaubte. »Nein, natürlich nicht.« Er warf ihr einen Blick zu. »Schatz, wir sind nicht der einzige Clan, den es gibt. Das haben wir dir gesagt.« Mit zusammengepressten Zähnen wandte er sich wieder dem Feldweg zu. »Es gibt Clans da draußen, die nicht zögern würden, sich die Hände schmutzig zu machen, wenn sie glauben, dass es jemanden gibt, der schwach ist und den sie aus dem Weg räumen können. Vor allem, wenn es ein Alpha ist. Oder in unserem Fall Drillings-Alphas.«

Cail warf ihm einen tadelnden Blick zu. »Brodey!«

Er zuckte mit den Schultern. »Früher oder später muss sie das verstehen.«

»So ein Scheiß passiert schon seit Jahrzehnten nicht mehr. Du solltest warten, bis Ain ihr das alles erklärt.«

»Du weißt genau, dass so ein Scheiß sehr wohl noch passiert.« Er hielt den Wagen an. Vor ihnen fuhren Ain und Micah weiter zum Haus. »Baby, wir wollten dir keine Angst machen. Schließlich ist es erst ein paar Wochen her, und ich weiß, dass das alles ganz schön verrückt sein muss. Wir wissen, dass wir dir schon eine Menge Scheiße zugemutet haben.«

Er sah an ihr vorbei zu Cail. »Ich sage nicht, dass wir uns Sorgen machen müssen. Wir haben uns immer unauffällig gehalten, sind auch innerhalb des Clans unter uns geblieben, haben niemandem ans Bein gepisst, wenn du verstehst, was ich meine. Unser Clan mag keine Probleme. Wir wollen nicht die Weltherrschaft. Aber leider gibt es da draußen Gestaltwandler mit ziemlich großen Komplexen, die unter Größenwahn leiden und mit unserer Leben-und-leben-lassen-Philosophie nicht einverstanden sind.«

Er streichelte ihr Kinn. »Du kannst Ain nicht einfach vor anderen provozieren, nicht einmal vor jemandem wie Micah. Und uns auch nicht. Glaube mir, wenn du mit einem von uns unterwegs bist und uns vor einem anderen Gestaltwandler widersprichst, werden wir dich genauso zurechtweisen wie Ain. Vor allem, wenn dieser Gestaltwandler nicht zu unserem Clan gehört. Wir sind an den Prime-Erlass gebunden. Wahrscheinlich wird er dich zu einer Entschuldigung zwingen.«

»Warte mal.« Sie hatte seinen vorherigen Satz noch nicht verarbeitet. »Willst du damit sagen, dass eine Art geheimer Krieg unter Gestaltwandlern im Gange ist?«

»Kein Krieg«, sagte Cail. »Eher ein … Scharmützel.«

»Das klingt für mich nach Bullshit«, sagte sie.

»Das ist es auch«, sagte Brodey und funkelte Cail an. »Hör zu, wir *verheimlichen* dir nicht absichtlich irgendetwas«, sagte er. »Aber wir sind zweihundertachtunddreißig Jahre alt. Das ist eine lange Zeit. Und vor ein paar Jahren sind im Yellowstone einige Dinge passiert, die …«

»Brod«, unterbrach Cail ihn. »Wir müssen warten, bis Ain ihr das alles erzählt.«

Die beiden starrten sich eine gefühlte Ewigkeit an. Schließlich seufzte Brodey. »Lass uns zuerst Micah helfen. Dann können wir über all das reden. Es ist eine sehr komplizierte Geschichte und wir kennen nicht einmal alle Teile davon. Mit sehr kompliziert meine ich, dass es schon einen ganzen Tag dauern wird, um dir nur die Kurzfassung zu geben. Die superkurze Version ist, dass es da draußen verrückte Arschlöcher gibt, Gestaltwandler-Gangs, und wir haben keine Ahnung, was sie vorhaben.«

Sie musterte erst Cail, dann Brodey. »Hast du deshalb angefangen, mir beizubringen, wie man Gestaltwandler identifiziert?«

Cail senkte den Blick und brauchte einen Moment, um zu antworten. »Wir wissen nicht genau, ob der Tod unserer Eltern wirklich ein Unfall war oder nicht.«

»Was?« Ain hatte ihr erzählt, dass sie vor ungefähr fünfundzwanzig Jahren bei einem Autounfall ums Leben gekommen waren.

Brodey übernahm wieder. »Es war ein sonniger Tag, gute Straßenverhältnisse. Es gab keinen Grund für sie, einen Unfall zu bauen. Unser Vater war ein guter Fahrer.« Er hielt inne, bevor er fortfuhr. »Am Tag vorher hat er uns gesagt, dass sie mit uns über etwas reden müssten und unsere Hilfe brauchten. Etwas, worüber er nicht am Telefon sprechen wollte. Und dann waren sie plötzlich tot. Sie waren auf dem Weg hierher, um uns zu besuchen. Sie haben in Tampa gewohnt.«

»Woher wisst ihr, dass es kein Unfall war?«

Cail schaute aus dem Beifahrerfenster. »Das Auto hatte einen Kratzer im Lack, den sie sich nie erklären konnten. Der Kratzer war die Woche vorher noch nicht da gewesen, als wir sie gesehen haben. Unser Vater war sehr genau mit solchen Sachen, er hätte es sofort reparieren lassen.«

Elain dachte einen Moment über diese Implikation nach.

»Und ihr glaubt, dass jemand sie von der Straße gedrängt hat?«

Die Brüder nickten. »Versehentlich oder absichtlich«, sagte Brodey. »Die Florida Highway Patrol konnte es aber nicht beweisen, also hat sie es als Unfall abgestempelt und den Fall abgeschlossen. Und damals gab es noch keine Forensik, wie wir sie heute haben.«

»Aber warum sollte jemand sie absichtlich von der Straße gedrängt haben? Vielleicht war es nur ein betrunkener Fahrer oder jemand ohne Versicherung, der Fahrerflucht begangen hat.«

»Ihre Schädel waren zertrümmert«, antwortete Cail leise, und wandte sich ihr zu. »Die Polizei hat gesagt, dass es bei dem Unfall passiert ist, aber das ist ausgeschlossen. So wie das Auto aussah, hätten sie höchstens ein paar Kratzen haben dürfen.«

Cail und Brodey schwiegen, während Elain versuchte, diese Information zu verarbeiten. »Aber … es gibt keinen Beweis dafür, dass es absichtlich war?«

»Nicht wirklich«, sagte Cail. »Nur unser Bauchgefühl, dass jemand sie von der Straße gedrängt und ihnen dann sofort das Gehirn eingeschlagen hat, bevor sie aus dem Wrack entkommen konnten.«

KAPITEL ACHT

*A*in hatte dafür gesorgt, dass Micah seinen Mann für das Treffen am Sonntag auf die Ranch brachte. Der Plan war es, ihn unter einem falschen Vorwand herzubringen und dann den Rest ihrem Schicksal zu überlassen.

Am Sonntag hatte Elain den ganzen Tag ein leichtes Übelkeitsgefühl. Sie war durch Ains Prime-Erlass dazu gezwungen, dem Plan zu folgen, doch das half nicht gegen ihre Schuldgefühle.

»Mir gefällt das genauso wenig wie dir«, erklärte Ain am Morgen leise, während sie allein im Bett lagen, da Brodey und Cail bereits draußen bei der Arbeit waren. »Deshalb war es mir auch so wichtig, dich zu nichts zu zwingen, nachdem wir dich gefunden hatten.«

»Er wird ihn heute Abend im Grunde vergewaltigen.« Der Gedanke und die Tatsache, dass sie jetzt gezwungen war, mitzumachen, widerte sie an.

»Nein.« Ain versuchte, seine Gedanken zu ordnen. »Das ist nicht dasselbe«, sagte er schließlich. »Ja, am Anfang wird der Typ wahrscheinlich nicht wollen. Aber sobald die Zeremonie beginnt und er die Verbindung genauso stark spürt wie Micah, wird er sich unterwerfen.«

»Der Typ wird sich wehren.«

Ain nickte grimmig. »Wahrscheinlich. Am Anfang.«

»Dann ist es Vergewaltigung.«

»Haben wir dich vergewaltigt?«, fragte er leise.

»Nein, aber das, was wir vor diesen verdammten Kötern getan haben, war nicht gerade mein Wunsch.« Sie war immer noch sauer wegen dem, was während der Zeremonie passiert war.

»Du hast dich bereitwillig unterworfen, oder? Ich weiß, dass es bei dir anders war, weil du die Verbindung schon gespürt hast, dich vorher schon mit uns gepaart hattest und schon wusstest, was wir sind. Wenn Micah es bis jetzt nicht geschafft hat, dem Typen an die Wäsche zu gehen, muss er ihn wahrscheinlich körperlich überwältigen.«

Sie schnaubte angewidert. »Und ihr werdet ihm dabei helfen, oder?«

Ain schüttelte den Kopf. »Nein. Das ist verboten. Ein Gestaltwandler muss in der Lage sein, seinen Gefährten allein dazu zu bringen. Das schreibt der Kodex unserer Vorfahren so vor. Wenn ein Gestaltwandler seinen Gefährten nicht beanspruchen kann, dann verdient er ihn auch nicht.«

»Es ist Vergewaltigung.«

Ain rollte sich auf den Rücken und starrte an die Decke. »Micah wird ihm nichts tun. Er liebt ihn. Er würde sein eigenes Leben opfern, um ihn zu beschützen.«

»Was ist, wenn er sich irrt? Was, wenn er hinter diesem armen Kerl her ist und er nicht sein Einer ist?«

»So was ist noch nie passiert. Wir liegen nicht falsch, wenn es um den Einen geht, es ist ein Gefühl aus der Tiefe deiner Seele, anders als alles andere. Wir alle haben es bei dir gespürt. Wir hatten zwar früher mal Fehlalarme, bei denen einer von uns dachte, dass ein Mädchen die Eine wäre. Aber als wir dich getroffen haben, war es anders als alles, was wir je zuvor gefühlt haben.«

»Davon rede ich! Was ist, wenn es sich um einen Fehlalarm handelt?«

»Bei uns war es anders, Baby. Unsere Eine musste für uns *alle* drei die Richtige sein. Die Fehlalarme waren wahrscheinlich Frauen, die nur für *einen* von uns die Eine waren. Ein Gestaltwandler, der keinen Zwilling oder Drillinge hat, weiß es sofort. Das Gefühl ist so stark, dass es keine Zweifel gibt.«

Sie erstarrte. »Also war ich für niemanden von euch wirklich die erste Wahl?«

Er fluchte und drehte sich um. »Du warst unsere *einzige* Wahl. Die einzig Richtige für uns alle. Die perfekte Eine für uns alle.«

Elain dachte an Kimberlie. »In wie viele Frauen wart ihr schon vor mir verliebt?«

Er wollte nicht antworten. »Können wir bitte über etwas anderes reden?« Er rollte sich auf den Rücken und starrte an die Decke.

Es war kein Befehl, aber sie fühlte sich so schon schlecht genug, also beließ sie es dabei.

Doch sie würde es nicht vergessen. Sie würde später eine Erklärung verlangen. »Dieser Typ wird entsetzt sein, wenn das passiert.«

»Ja, das wird er«, stimmte Ain leise zu. »Leider führt kein Weg daran vorbei. Falls es dich tröstet, es wird nicht lange dauern. Sobald Micah ihn markiert hat, wird es sie binden und ...«

»Und dann was? Dann sind sie glücklich bis ans Lebensende? ›Oh, tut mir leid, ich weiß, dass du hetero bist, aber lass mich dich in den Arsch ficken, dich zu meinem Gefährten machen, und dann sind wir für den Rest unseres Lebens ein Paar, egal, was du davon hältst.‹«

Ain drehte sich wieder zu ihr um und sah sie mit düsterem Ausdruck an. »Siehst du unsere Beziehung so?«, fragte er leise. »Ist es bei uns so gewesen?«

»Nein! Ich …«, stammelte sie. »Ich liebe dich. Ich liebe euch alle drei.«

Doch er sprach mit dem gleichen, ruhigen, ernsten Ton weiter. »Hast du das Gefühl, dass wir dich gezwungen haben? Bist du unzufrieden mit uns?«

Nein, sie war nicht unzufrieden. Sie liebte sie alle drei und hielt sich für den größten Glückspilz auf diesem verdammten Planeten. Drei gut aussehende Typen, die nur Augen für sie hatten, die nicht eifersüchtig aufeinander waren und die sie mit niemandem teilen musste, für immer.

»Nein, ich bin nicht unzufrieden mit euch.«

Er küsste ihre Hand und schaute sie mit ernstem Blick an. *Oh, nein, gleich gibt es einen Prime-Erlass.*

»Du wirst dich heute Abend *nicht* einmischen. Ich möchte, dass du die Zeremonie siehst, weil du es verstehen musst. Du musst sehen, dass es okay ist, sobald es vorbei ist. Es sind nur ein paar Minuten, glaub mir, sie werden beide glücklich sein.«

»Warum kann Micah den Typen nicht in Ruhe lassen? Ihm sein Leben lassen?«

»Dafür ist er nicht stark genug. Das waren wir auch nicht. Und du auch nicht.«

* * *

Micah und Jim kamen gegen vier auf der Ranch an. Micahs Ausrede war, dass Ain und die Brüder eine neue Scheune bauen wollten und seine Hilfe brauchten.

Micah hatte Jim zum Projektleiter ernannt und ihn gebeten, sich das Grundstück anzusehen. Er hatte ihm gesagt, dass sie danach grillen und die Nacht hier verbringen würden. Als Elain Jim die Hand schüttelte, lächelte sie nervös und konnte nicht anders, als ihn wie ein Lamm zu sehen, das gerade unwissentlich zum Schlachten gebracht wurde. Er war ungefähr zehn Zentimeter größer als Micah, hatte sanfte, braune Augen, kurzes dunkelblondes Haar und war gebräunt wie ein typischer Bauarbeiter. Ein Teil von ihr fragte sich, ob Micah den Kerl überhaupt überwältigen könnte und insgeheim hoffte sie, dass er es nicht konnte.

Elain konzentrierte sich darauf, das Abendessen vorzubereiten. Normalerweise teilten sich die Jungs die Küchenarbeit mit ihr. Aber heute bestand sie darauf, dass sie sie in Ruhe ließen, weil es ihr etwas zu tun gab und sie von dem ablenkte, was passieren würde, wenn sich der Rat um Mitternacht versammelte.

Sie aßen gegen sieben. Es entging Elain nicht, dass Micah dafür sorgte, dass Jim immer ein frisches Bier in der Hand hatte, obwohl er an seinem eigenen nur nippte. Auch Micahs Blicke zu ihm entgingen ihr nicht.

Liebevoll.

Das wachsende Verlangen und die Leidenschaft in Micahs Gesicht waren unverkennbar.

Doch selbst dadurch fühlte sie sich nicht besser.

Sie versammelten sich kurz nach halb elf auf der hinteren Veranda um die Feuerstelle. Jims Wangen waren vom Bier gerötet und Elain fiel auf, dass ihre Jungs relativ still geworden waren. Brodey und Cail überließen Ain größtenteils das Reden.

Unter dem Vorwand, ihm demonstrieren zu wollen, wie geschickt ihre Hunde waren, standen Brodey und Cail ruhig auf und gingen zur Scheune. Sie wusste, dass sie sich dort verwandeln würden.

Ain nahm ihre Hand, während sie Micah und Jim langsam zur Scheune folgten. Jim war lebhaft, gut gelaunt, das Bier hatte offensichtlich seine Wirkung entfaltet. Als Jim auf dem Weg stolperte, streckte Micah sofort die Hand aus, um ihn zu stützen.

Elains Herz pochte und es gab ihr ein seltsames Gefühl zu sehen, wie zärtlich und beschützend Micah mit ihm umging.

Jim schien für einen Moment von Micahs blauen Augen wie gefangen zu sein. »Danke, Mann.«

»Klar.«

Ain drückte sanft ihre Hand und schickte ihr einen Gedanken. »*Siehst du? Es geht schon los. Alles wird gut werden.*«

Sie nickte, antwortete aber nicht.

Schweigend gingen sie durch die Scheune zum Gehege dahinter, wo die Jungs die Schafherde hielten, die sie immer für Demonstrationen verwendeten. Brodey hatte die Pferde für die Nacht in den großen Stall gebracht.

Brodey und Cail standen bereits verwandelt vor dem Tor. Brodey sah sie an und zwinkerte ihr zu.

Doch das beruhigte weder ihre Gedanken noch ihren Magen.

Dann begann Ain, die Vorführung anzuleiten und Jim lehnte sich begeistert an den Zaun und sah den Hunden zu, wie sie auf Ains Befehl hin die Schafe herumtrieben. Micah rückte langsam näher an Jim heran und sprach mit ihm.

Da sie zu nervös war, um sich ihnen anzuschließen, blieb Elain am Scheunentor und lehnte sich dagegen, um sich zu stützen. Zehn Minuten vor Mitternacht spürte Elain ein seltsames Flüstern in ihrem Kopf, das aus dem Wald in der Nähe des Hauses zu kommen schien. Der Rat.

Die Brüder hatten ihr gesagt, dass mindestens fünf Mitglieder kommen würde.

Trotz des milden Abends erschauderte sie.

Ain hat sie offensichtlich auch gespürt, denn er beendete die Vorführung und rief Brodey und Cail aus der Koppel. Dann kehrten sie alle zur Scheune zurück, wo Micah sich auf einen Heuballen setzte. Jim, der immer noch ahnungslos war, setzte sich auf einen anderen und plauderte weiter über die Demonstration.

Elain lehnte im Schatten an der Wand und versuchte, ihr wild pochendes Herz zu beruhigen. Plötzlich wurde sie von einer kalten Nase angestupst, und als sie nach unten blickte, sah sie in ein Paar brauner Augen.

Cail.

»Es ist okay, Süße«, sagte er ihr in Gedanken.

Sie nickte.

Ain entschuldigte sich für einen Moment und behauptete, er müsse das Wasser im Schafstall überprüfen. Er trat zurück und kam zu ihr hinüber, um sich neben sie zu stellen.

Micah sprach immer noch mit Jim, jetzt offensichtlich nervös. Er zog seine Schuhe aus und rieb sich die Füße, als würden sie ihn jucken. Ihr fiel auf, dass er keine Socken trug.

Ain trat hinter sie und schlang seine Arme fest um sie, während er seine Lippen auf ihren Kopf presste. *»Es ist okay.«*

Sie antwortete nicht.

Sie spürte, wie die anderen Ratsmitglieder die Scheune von hinten betraten und leise ihre Plätze einnahmen.

Da Micah offensichtlich wusste, dass er keine Zeit mehr hatte, stand er auf. »Wir müssen reden.« Er zog sein Hemd aus.

Jim war mehr als betrunken. Er blickte von dem Heuballen auf und versuchte, sich auf Micah zu konzentrieren. »Was?«

Der holte etwas aus seiner Jeanstasche und ließ es auf den Boden fallen. Elain erkannte, dass es sich um eine kleine Flasche Gleitmittel handelte. Dann zog er seine Jeans aus. Er trug keine Unterwäsche und Elain fragte sich, ob alle Gestaltwandler gut bestückt waren, denn obwohl Micahs Teil ein paar Zentimeter kleiner war als die ihrer Männer, war er trotzdem noch sehr gut ausgestattet.

Jetzt wurde Jim sauer. Als er versuchte aufzustehen, streckte Micah die Hand aus und legte sie auf Jims Brust. »Bleib hier. Bitte.« Seine Stimme hatte sich verändert, war tief und bestimmt geworden.

Alpha. Sogar Elain konnte das hören.

Jim erstarrte.

Dann trat Micah ein paar Schritte zurück und verwandelte sich. In Wolfsgestalt war er goldbraun, mit ein paar schwarzen Stellen auf seinem Gesicht und auf dem Rücken.

Er verwandelte sich zurück.

Jims starrte ihn mit offenem Mund an.

»Ich muss dir etwas sagen, das du nicht glauben wirst.«

»Scheiße!«

»Bitte, hör mir einfach zu. Es ist schon schwer genug für mich, das zu sagen …«

»Was zum Teufel?«

Jim versuchte wieder aufzustehen, aber er war zu geschockt und zu betrunken. Micah streckte seine Hand aus und schob ihn zurück zum Heuballen.

»Ich bin ein Gestaltwandler. Und ich werde dir morgen eine große Erklärung und Entschuldigung schulden. Glaub mir, das ist für mich genauso schwer wie für dich.«

»Wovon redest du?«

Micah richtete sich auf, stellte sich aufrecht vor ihn. Alpha-Haltung. »Du musst dich unterwerfen.«

»Was?«

Elain warf einen Blick auf den Rat. Sie saßen da und beobachteten schweigend das Geschehen. Anscheinend hatte Jim sie noch nicht bemerkt.

»Ich …« Micah fluchte leise vor sich hin. »Du bist mein Gefährte.«

Das schien Jims alkoholbedingten Dunst zu durchbrechen. »Wow! Ich bin nicht schwul, Alter!« Er krabbelte rückwärts über den Ballen.

»Ich auch nicht. Anscheinend hat die Göttin einen wirklich seltsamen Sinn für Humor. Du bist mein Einer, mein Gefährte.«

»Scheiß drauf!« Jim stand stolpernd auf.

Doch Micah packte ihn. Er rollte Jim herum, mit dem Gesicht nach oben, und küsste ihn.

Jim hörte für einen Moment auf, sich zu wehren.

Ain streichelte Elains Wange und erklärte: »Er versucht, so viel Kontakt wie möglich mit ihm zu bekommen, bevor er ihn markiert und deckt. Damit er sich weniger wehren muss.«

Elain wollte instinktiv zu Jim gehen, ihm helfen, sich bei ihm ausweinen, aber sie konnte nicht. Wegen Ains Prime-Erlass war sie gezwungen, ruhig an seiner Seite zu bleiben.

Brodey und Cail verwandelten sich zurück und kamen ebenfalls neben Ain und Elain. Um sie zu trösten, streckten sie die Hand aus und berührten ihre Arme.

Dann wehrte sich Jim, sträubte sich und versuchte, Micah von sich zu stoßen. Einen Moment lang dachte Elain, Jim könnte entkommen, aber Micah packte ihn und drückte ihn zu Boden, die Hand um seinen Hals.

»Unterwerfe dich!«, knurrte Micah.

Als Jim kurz innehielt, gelang es Micah ihm die Jeans zu öffnen und sie ihm die Beine herunterzuziehen.

Das brachte Jim wieder dazu, sich mit aller Kraft zu wehren. Er begann zu schreien, zu betteln.

Doch Micah packte ihn wieder am Hals und beugte sich vor, um ihn zu küssen. Jim kratze Micahs Arm, doch während Micah ihn küsste, hörte er auf.

Und sie bemerkte, dass sein Schwanz sich langsam aufrichtete.

Micah setzte sich auf ihn, nahm aber seine Hand nicht von Jims Kehle. »Unterwerfe dich«, befahl er heiser.

»Bitte, tu das nicht!«, bettelte Jim.

Micah beugte sich wieder vor und küsste ihn lange und fest. Elain bemerkte, dass sie den Atem angehalten hatte.

Jedes Mal, wenn Micah ihn küsste, schien Jim positiver zu reagieren.

Nach ein paar Minuten war es offensichtlich, dass Jim sich nicht länger gegen Micah wehrte. Anstatt zu versuchen, ihn wegzustoßen, versuchte er, ihn näher zu sich zu ziehen.

Bis Micah ihn auf den Bauch drehte. Jim versuchte sofort aufzustehen, doch Micah verwandelte sich, packte ihn mit dem Maul im Nacken und knurrte.

Elain wollte sich übergeben, wollte ihren Blick von der Szene abwenden, konnte es aber nicht. Sie wusste, was dieses Knurren bedeutete.

Unterwerfe dich.

Die anderen Gestaltwandler knurrten als Antwort hinter ihr.

Jetzt erstarrte Jim, ihm war offenbar klar geworden, dass sie nicht allein waren. Er schluchzte, hörte aber auf, sich zu wehren.

Micah drückte Jims Kopf sanft nach unten und ließ seinen Hintern ungeschützt in der Luft. Er knurrte wieder.

Die anderen Gestaltwandler verstummten.

Micah stellte sich über Jim, sah den versammelten Rat an und knurrte. Als Antwort knurrten sie wieder.

Er würde seinen Gefährten jeden Moment beanspruchen.

Jim versuchte, sich aufzusetzen, aber Micah packte ihn erneut am Genick und drückte seinen Kopf nach unten. Dieses Mal ließ er nicht los, bis der Mann endlich aufhörte, sich zu wehren.

Dann verwandelte Micah sich schnell zurück und schnappte sich die Flasche mit dem Gleitgel vom Boden. So schnell, dass sie seinen Bewegungen kaum folgen konnte, riss er Jim die Schuhe und Jeans ganz herunter. Jim versuchte wieder, sich zu wehren, doch Micah drückte ihn auf den

Boden. Das Geräusch von reißendem Stoff erklang, dann warf Micah Jims Hemd auf den Boden.

Ain drückte Elain. *»Es ist fast vorbei.«*

Sie wollte weinen, schluchzen, blieb aber wie erstarrt stehen.

Jim versuchte, von Micah wegzukrabbeln. Der Gestaltwandler legte einen Arm um die Taille des Mannes und zog ihn zurück, dann griff er mit dem anderen um ihn herum. Sie wandten Elain und den Lyall-Brüdern den Rücken zu und als Jims Schreie und Flehen plötzlich aufhörten, wurde ihr klar, was Micah gerade tat.

Doch plötzlich fing Jim wieder an, sich zu wehren. Er bettelte, flehte. »Nein … bitte … nein … tu das nicht …«

Micah hielt inne, griff um ihn herum und Jim hörte wieder auf, sich zu wehren. Er hielt Jim mit seinem Arm um seine Taille fest und flüsterte ihm etwas zu, was sie nicht hören konnte. Nach ein paar Minuten sah sie zu, wie Jims Hüften gegen Micah stießen und er anfing zu stöhnen. Es klang definitiv nicht so, als hätte er Schmerzen. Micah beugte sich wieder vor und flüsterte etwas. Nach einem längeren Moment nickte Jim.

Micah zog Jim auf die Knie und setzte sich ebenfalls auf, während der andere Mann weinte. Mit seiner freien Hand griff Micah nach Jims Hals.

»Unterwerfe dich.«

Jim nickte. »Ja!«, keuchte er.

Elain hörte Micah sagen: »Es tut mir leid«, bevor er in den anderen Mann hineinglitt. Einen Moment später schnupperte Micah an Jims rechter Schulter und biss dann fest zu.

Die Gestaltwandler schnaubten hinter ihnen.

Jim schrie erneut, aber diesmal klang es anders.

»Oh Gott! Ja! Oh mein Gott, bitte hör nicht auf!«

Micah ließ Jims Hals los und ließ seine Hand sinken, vermutlich auf den Schwanz des anderen Mannes.

Jetzt waren Jims Schreie voller Leidenschaft.

Er hielt den Schwanz des anderen Mannes in der Hand.

Micah flüsterte Jim etwas zu, doch sie konnte es nicht hören. Jim bettelte immer noch, doch er hatte aufgehört, sich zu wehren. Micah hielt inne, rieb seinen Schwanz mit Gleitgel ein und machte dann weiter.

»Scheiße, ja! Oh Gott, das ist unglaublich! Oh mein Gott, jaaa!«

Sie konnte sehen, wie die Muskeln in Micahs Rücken zuckten, während er den Schwanz seines Gefährten immer schneller bearbeitete. Als Jim zum Höhepunkt kam, drückte Micah ihn zu Boden, packte seine Hüften und glitt mit ein paar kraftvollen Stößen in ihn hinein. Dann brach er erschöpft auf ihm zusammen, beide Männer keuchten.

Die Gestaltwandler hinter ihnen schnauben erneut, dann verschwanden sie in die Dunkelheit.

Es war vorbei.

Ain führte Elain sanft durch die Hintertür, Cail und Brodey folgten ihnen, holten ihre Kleidung aus dem Versteck und zogen sich schnell an.

Plötzlich brach Elain in Tränen aus. Ain zog sie an sich und ließ sie an seiner Schulter schluchzen. Die anderen beiden Brüder versuchten ebenfalls, sie zu trösten und drängten sich um sie.

Aus der Scheune hörten sie Jims abgehacktes Stöhnen.

»Ja! Oh Gott, genau so!«

Ain schnaubte amüsiert. »Sie werden eine Weile beschäftigt sein.«

»Das ist schrecklich!«, schluchzte Elain.

»Erinnerst du dich, wie du dich gefühlt hast, nachdem diese beiden Deppen nach eurem ersten gemeinsamen Mittagessen mit dir auf dem Parkplatz Spaß hatten?«

Sie nickte.

»Obwohl die zwei jetzt offiziell gepaart sind und Jim markiert wurde, wird er sich noch eine Weile genau so fühlen. Ich könnte wetten, dass sie die ganze Nacht miteinander vögeln werden, wie zwei wilde Karnickel.«

Brodey kicherte. »Zum Glück haben wir sie im Gästezimmer am anderen Ende des Hauses untergebracht.«

Als sie in die Küche kamen, sprang die Haustür auf und Micah kam hereingestürmt, immer noch nackt und mit wildem Blick. »Habt ihr mehr Gleitgel?«

Brodey lachte. »Alter, da ist eine riesige Tube in deinem Badezimmer.«

Elain bemerkte Jim, der ebenfalls nackt im Wohnzimmer stand. Er sah ein wenig … na ja, fassungslos aus. Aber dem verwirrten Lächeln auf seinem Gesicht nach zu urteilen, schien er glücklich. Und auf jeden Fall geil, da sein Schwanz steinhart nach oben ragte.

Micah rannte zu ihm zurück und Jim griff nach seiner Hand und riss Micah praktisch den Flur entlang. Ein paar Sekunden später schlug die Tür des Gästezimmers zu.

Die Männer lachten.

Doch Elain verstand nicht, was daran so lustig sein sollte. »Wie könnt ihr lachen, nachdem ihr das mitangesehen habt?«, schrie sie.

Cail zog sie in seine Arme. »Baby«, sagte er sanft, »du hast sie doch gerade gesehen, oder?«

Sie schniefte. »Es ist trotzdem schrecklich! Es spielt keine Rolle, wie es endet, es ist schrecklich!«

»Aber so ist es nun mal. Ein Gestaltwandler weiß immer, wenn er seinen Einen gefunden hat. Jim ist Micahs Einer. Wenn die beiden sich ausgetobt haben und wieder in der Lage sind, ein zusammenhängendes Gespräch zu führen, wird Jim dir sagen können, dass es ihm gut geht.«

»Und was war das dann für ein Bullshit, dass ihr meine Einwilligung wolltet?«

»Das war nicht dasselbe«, beharrte Brodey. »Er hat sich unterworfen.«

Sie löste sich von ihnen, stapfte in ihr Schlafzimmer und knallte die Tür hinter sich zu. Sie ging davon aus, dass Ain wegen dieses Wutanfalls hinter ihr her stürmen würde, doch zwanzig Minuten später saß sie immer noch allein auf dem Bett.

Es war inzwischen fast ein Uhr nachts und Elain wusste, dass sie noch lange nicht schlafen konnte. Also zog sie sich einen Badeanzug an und ging leise durch die Glasschiebetür des Schlafzimmers auf die hintere Veranda hinaus. Der Whirlpool war an und sie glitt hinein, versuchte, den Klang von Jims vergeblichem Flehen aus ihrem Gedächtnis zu löschen.

Ja, sie hatte sich bereitwillig unterworfen, wenn auch nervös. Sie war so verdammt geil gewesen, dass es ihr wie die einzige Möglichkeit erschienen war, das Gefühl verschwinden zu lassen. Und natürlich bereute sie es nicht.

Aber der arme Jim …

Elain wusste, dass sie eingenickt sein musste, als sie hörte, wie sich die Hintertür öffnete und schloss, gefolgt von fröhlichen, kichernden Männerstimmen.

Jim und Micah.

Dann das Geräusch von spritzendem Wasser, als sie in den Pool sprangen.

Sie glitt tiefer in den Whirlpool und schaute dann über den Rand. Wegen eines großen Blumenkübels war sie nicht sichtbar, konnte sie aber gut beobachten.

Die beiden waren zum tiefen Ende des Beckens geschwommen, Jim kam auf Micah zu und küsste ihn leidenschaftlich.

Ihr Herz raste. Sie hatte ein schlechtes Gewissen, sie zu

beobachten, aber wenn sie jetzt aus dem Whirlpool kommen und ins Schlafzimmer gehen würde, würden sie sie sehen. Und wenn sie ins Wohnzimmer gehen würde, müsste sie sich dort ihren Männern stellen.

»Wie lange hält das an?«, fragte Jim Micah heiser.

»Was? Bist du immer noch so geil?«

»Ja. Ich habe das Gefühl, ich könnte dich die ganze Nacht ficken und morgen den ganzen Tag mit deinem Schwanz in meinem Arsch verbringen.«

Elain hoffte, dass sie nicht zu laut nach Luft schnappte.

»In ein paar Tagen wird es etwas nachlassen«, sagte Micah und schlang seine Arme um den anderen Mann. »Dann wird es ein bisschen normaler werden.«

»Ich bin nicht schwul.«

Micah lachte. »Ich auch nicht. Aber wir sind jetzt aneinander gebunden, ob es dir gefällt oder nicht.«

Jim küsste ihn erneut. »Es gefällt mir.«

»Mir auch.«

Dann schwammen sie zurück zum niedrigen Ende des Beckens. Jim stand auf, beugte sich über die Kante und wackelte mit den Hüften zu Micah. »Wenn ich es mir überlege, will ich deinen Schwanz sofort in meinem Arsch haben.«

»Mit Vergnügen.« Micah hatte eine Flasche Gleitgel mitgebracht und holte sie jetzt vom Beckenrand. Als er seinen harten Schwanz langsam in den anderen Mann schob, stöhnten beide.

Elain war sich vage bewusst, dass einer ihrer Männer durch die Wohnzimmertür schlüpfte und sich zu ihr in den Whirlpool gesellte.

Cail.

Er schlang seine Arme um sie. »Siehst du?«, flüsterte er.

»Ich kann es nicht glauben.«

Er knabberte sanft an ihrem Nacken und strich mit

seinen Fingern über ihre Brustwarzen. »Das musst du auch nicht. Sie fühlen es. Das kannst du selbst sehen. Das hier ist ihr Happy End.«

Im Pool schmiegte Micah sich an Jim, bewegte seine Hüfte und schob sich immer wieder langsam in seinen Geliebten.

»Fick mich«, bettelte Jim.

Micah streichelte seinen Rücken. »Für den Rest unseres Lebens.«

Cail zog sie auf seinen Schoß. Sie bemerkte, dass er nackt war, da seine steinharte Erektion sie in den Hintern stieß.

Sie drehte sich um, um sich mit gespreizten Beinen auf ihn zu setzen, und schloss die Augen, während er sie festhielt. »*Geht es ihm wirklich gut?*«, fragte sie ihn in Gedanken.

»*Ja.*« Cail ließ die Träger ihres Badeanzugs von ihren Schultern gleiten.

»*Ain hat Micah schon gesagt, dass sie gerne ein paar Tage oder Wochen hier abhängen können, wenn sie wollen, damit sie sich in Ruhe die Seele aus dem Leib vögeln können.*«

Elain versuchte, das eifrige Grunzen und Stöhnen aus dem Pool auszublenden.

Langsam schob Cail ihren Badeanzug nach unten und begann dann eine ihrer Brustwarzen mit dem Mund zu verwöhnen, während er mit seinen Fingern über die andere strich. Sie schlang ihre Arme um ihn und vergrub ihre Finger in seinem Haar. Seine freie Hand glitt zwischen ihre Beine, fand ihre Klitoris durch den Stoff ihres Badeanzugs und begann, zu reiben. Sie konnte ihren Männern nicht widerstehen. Und das wollte sie auch gar nicht.

Vielleicht konnte Jim Micah auch nicht widerstehen.

Sie küsste Cail. Dann schlüpfte sie aus ihrem Badeanzug und ließ ihn vor dem Whirlpool fallen. Sein steifer Schwanz rieb an ihrer Klitoris, während sie ihre Hüften gierig gegen ihn drückte.

Seine Hände wanderten zu ihren Hüften. Er hob sie hoch und spießte sie auf seinen Schwanz auf. Mit einem zufriedenen Seufzen genoss sie das Gefühl, ganz von ihm ausgefüllt zu sein. Sie fühlte sich sicher in seinen Armen und bewegte sich langsam im Takt mit ihm, die Augen geschlossen. Trotz ihrer nahezu identischer Körper waren die Drillinge im Bett genauso unterschiedlich, wie es ihre Persönlichkeiten waren.

Im Pool wurden Jims Schreie lauter und eindringlicher. »Oh Gott, ja! Fick mich härter!«

Cail schnaubte amüsiert. *»Gott sei Dank haben wir keine Nachbarn.«*

»Es fällt mir schwer, das, was ich gerade noch gesehen habe, mit dem in Einklang zu bringen, was jetzt vor sich geht.«

»Das ist okay, Baby. Es ist nur zwischen ihnen. Und wenn sie okay damit sind, solltest du es auch sein.« Er schob eine Hand zwischen sie, fand ihre Klitoris wieder und rieb sie.

Sie dämpfte ihr Stöhnen, indem sie ihren Mund auf seinen presste.

Er hörte auf zu stoßen, konzentrierte sich auf sie und versuchte, sie zum Orgasmus zu bringen.

»Komm für mich, Schatz. Du gehörst jetzt für ein paar Minuten ganz mir. Gib es mir.«

Sie liebte es, mit all ihren Männern gleichzeitig zusammen zu sein, doch manchmal genoss sie es auch allein mit einem von ihnen Zeit verbringen zu können.

Elain wimmerte, während seine geschickten Finger immer schneller wurden.

»Gott, du hast einen wunderschönen Arsch!«, stöhnte Micah.

Elain schnaubte amüsiert. *»Das lenkt mich irgendwie ab.«*

»Also, ich finde, du hast einen noch viel schöneren Arsch«, dachte Cail.

»Auch wenn du ihn mit Ain und Brodey teilen musst?«

Seine Bewegungen wurden langsamer und er brachte sie dazu, sich aufzusetzen. »*So ist es nicht. Ich weiß nicht, wie ich es erklären soll. Es ist nicht so, als würden wir dich teilen. Es ist, als ob wir alle mit dir zusammen sein sollten. Liebst du einen von uns mehr als die anderen?*«

Sie schüttelte den Kopf. Das war die Wahrheit, sie wäre niemals imstande, einen ihrer Jungs den anderen vorzuziehen. Sie waren trotz ihres Aussehens einzigartige Individuen.

»Neck mich nicht nur, fick mich!«, stöhnte Jim aus dem Pool, und Micah lachte.

Cail und Elain sahen sich an und lächelten. Sie ließ ihren Kopf auf Cails Schulter sinken. »*Ich sage es nur ungern, aber bevor die zwei nicht reingehen, werde ich nicht kommen.*«

»*Ich auch nicht. Lass uns einfach eine Weile hier sitzen und hoffen, dass sie bald wieder ins Bett gehen.*«

Die Männer spielten weitere zwanzig Minuten im Pool herum, bevor Jim Micah lachend zurück ins Haus jagte.

Elain lehnte ihren Kopf an Cails Schulter und entspannte sich.

»Alles okay?«, flüsterte er.

Sie hielt die Augen geschlossen, hin- und hergerissen zwischen Müdigkeit und dem köstlichen Gefühl von Cails hartem Schwanz, der noch immer in ihr steckte. »Ich glaube schon.«

»Willst du ins Bett gehen?«

Ein Teil von ihr wollte Ja sagen, aber sie wusste, dass der Schlaf lange auf sich warten lassen würde. »Lasst uns erst beenden, was wir angefangen haben.«

Cail lehnte sich zurück, streckte seinen Körper in dem warmen Wasser aus und zog sie mit sich. Wieder packte er ihre Taille und begann mit langsamen Bewegungen in sie hinein- und hinauszugleiten. Jeder Stoß glitt an ihrer Klitoris entlang und entfachte ihre Lust wieder und wieder.

Dann küsste er ihre Lippen, schob seine Zunge sanft in

ihren Mund. Elain gab sich ganz der Empfindung hin. Jeder weitere langsame, köstliche Stoß von Cails Schaft berührte sie von innen und außen an Stellen, die seine Brüder nicht auf die gleiche Weise erreichten.

Jeder Mann hatte seine Stärken - eine andere Art, ihren Körper in Lust und Leidenschaft aufgehen zu lassen.

Während das warme Wasser ihren Körper umspielte und jede Berührung noch verstärkte, fühlte Elain, wie sie dem Höhepunkt immer näher kam, bis sie schließlich von einer Welle der Lust überwältigt wurde.

Er hielt sie fest, während sie ihre Schreie an seiner Schulter dämpfte. »Genau so«, flüsterte er. »Gib es mir.«

Sie schob ihre Hüften gegen ihn, um das Gefühl so lange wie möglich hinauszuziehen, dann ließ sie sich schlaff in seine Arme fallen.

Er drehte sie um und zog ihre Beine um seine Taille. »Ich könnte die ganze Nacht Liebe mit dir machen«, knurrte er.

Sie kratzte mit ihren Nägeln über seinen Rücken und brachte ihn damit wieder zum Knurren. Er küsste sie, während er seine Finger in ihren Hintern vergrub und hart zustieß. Normalerweise sah sie diese raue Seite nur, wenn sie sich liebten, ein Hauch des Alpha-Wolfs, der unter seiner normalerweise ruhigen Oberfläche lauerte.

Zitternd vor Vergnügen gab sie den Versuch auf, etwas zu tun und ergab sich ihm ganz. »Fick mich, Baby«, flüsterte sie.

Und genau das tat er. Schließlich schob er sich mit voller Kraft in sie und schrie leise auf, während er sein heißes Sperma in sie pumpte.

Bei der Vorstellung, irgendwann sein Baby zu bekommen, bekam sie eine Gänsehaut des Glücks. Ihr Baby.

Das Kind ihres Gefährten.

Er wäre ein guter Vater, das wären sie alle. Daran hatte sie absolut keinen Zweifel.

Doch sie verdrängte diesen Gedanken schnell und ließ

sich von ihm im Wasser wiegen, während er wieder zu Atem kam. »Was denkst du gerade, Baby?«, fragte er.

Sie lächelte. »Willst du das wirklich wissen?«

»Ja.«

Als sie seinem Blick begegnete, errötete sie. »Ich habe gerade an unser Baby gedacht.«

Cail blinzelte, dann weiteten sich seine Augen. »Was?«

»Nicht jetzt.« Sie schmiegte ihren Kopf wieder an seine Brust. »In ein paar Jahren.«

Er vergrub sein Gesicht in ihrem Haar. »Wirklich? Willst du Kinder?«

»Ja.« Wieder kam der instinktive Drang in ihr auf, es sofort zu tun. Doch sie schob ihn beiseite. »In ein paar Jahren. Ain hatte recht, wir sollten erst mal die Zeit nutzen, um uns auszutoben, vor allem da Zeit jetzt keine Rolle mehr spielt.«

Er drehte sie in seinen Armen, legte seine Handflächen auf ihren Bauch, seine Lippen strichen über ihre Schulter. »Du würdest schwanger so schön aussehen.«

Sie schob ihre Finger zwischen seine. »Ja, fett, kotzend, mit geschwollenen Beinen und watschelnd.«

Er lachte. »Wunderschön. Es ist mir egal, was du sagst. Ich würde meine Finger nicht von dir lassen können.«

»Wie soll das eigentlich gehen?«

Er schnaubte amüsiert. »Fragst du mich gerade, wie Babys gemacht werden?«

Sie stieß ihn sanft mit ihrem Ellbogen. »Pff. Ich meine, musst du bis zuletzt warten? Prime zuerst und dieser ganze Mist?«

Er zuckte mit den Schultern. »Ganz ehrlich? Wir haben noch nie wirklich darüber gesprochen.« Er presste seine Lippen auf die empfindliche Stelle hinter ihrem Ohr, die sie immer zum Schmelzen brachte. »Wir haben uns immer nur Sorgen gemacht, dich überhaupt zu finden. Es ist schwer,

Kinder ohne Partnerin zu haben.« Er küsste wieder ihren Hals. »Er sollte wahrscheinlich der Erste sein als Prime. Ich würde nicht widersprechen, wenn es so sein sollte.«

»Irgendwie klingt es unfair, dass er zuerst alles machen darf.«

Er lachte. »Ja, aber er trägt auch die ganze Schuld, wenn etwas schiefgeht. Prime-Vorteile gehen auch mit Prime-Verantwortung einher, vergiss das nicht. Ich beneide ihn nicht. Brodey auch nicht.«

Ein paar Minuten später merkte sie, dass sie wieder einnickte. Cail hielt sie sicher in seinen Armen, stand dann auf und trug sie in ihr Schlafzimmer. Sie trockneten sich ab und schlüpften ins Bett. Ein paar Minuten später kamen auch Ain und Brodey zu ihnen.

»Geht es dir gut, Süße?«, fragte Ain.

Sie war schon wieder fast eingeschlafen. »Ja. Müde.«

Brodey und Ain küssten sie nacheinander, und sie bewegte sich nicht von der Stelle, dicht an Cail geschmiegt, sein Arm um ihre Taille geschlungen. Ain schob seine Finger zwischen ihre und schmiegte sich ebenfalls an sie, und während sie in den Schlaf glitt, dachte sie wieder daran, Mutter zu werden.

KAPITEL NEUN

*A*m nächsten Morgen machten sich Ain und Brodey früher als sonst auf den Weg, um mit der Arbeit anzufangen, und ließen Cail mit Elain zurück. Er schlief noch, also schlüpfte sie aus dem Bett und zog sich eine kurze Hose und ein T-Shirt an und ging in die Küche, um Frühstück zu machen.

Im Haus war es ruhig. Fast zu ruhig. Sie schaltete den kleinen Fernseher in der Küche ein und sah sich die morgendlichen Nachrichten an, während sie den Kaffee anstellte und das Frühstück vorbereitete. Wegen des guten Geruchssinns aller Bewohner ging sie davon aus, einen vollen Tisch zu haben, sobald der Bacon gebraten war.

Den Flur hinunter öffnete und schloss sich leise die Gästezimmertür. Elains Herz raste, während sie so tat, als hätte sie es nicht gehört. Dann kamen Schritte näher und sie spürte einen Mann in der Tür stehen. Als sie ihre Gedanken aussendete, konnte sie spüren, dass es Jim war.

Er stand einen Moment lang da, offensichtlich fühlte er sich unbehaglich. Elain zuckte zusammen, als er sprach, obwohl sie gewusst hatte, dass er da war.

»Guten Morgen.«

Sie zauberte ein Lächeln auf ihr Gesicht und drehte sich um. »Guten Morgen. Wie hast du geschlafen?«

Er sah ein wenig verwirrt aus, doch dem verschmitzten Lächeln auf seinem Gesicht zufolge schien es ihm gut zu gehen. »Ähm …« Er lachte, und seine Wangen färbten sich rosa. »Nun, das bisschen Schlaf, das ich bekommen habe, war sehr gut, danke.«

»Möchtest du einen Kaffee?«

Er nickte, offensichtlich erleichtert, dass er diese Frage leicht beantworten konnte.

»Setz dich. Ich bring dir einen.« Sie schenkte ihm einen Becher ein und holte Milch und Zucker.

Was sollte sie sagen? *Tut mir leid, dass ich nichts gemacht habe, als du gefickt wurdest?* Also hielt sie den Mund.

Während dem Kochen warf sie ihm verstohlene Blicke zu. Er schaute gelegentlich auf den Fernseher und spielte mit seiner Kaffeetasse. Als er plötzlich sprach, erschrak sie wieder. »Kann ich dir eine Frage stellen?«

Sie wandte sich zu ihm. »Klar.«

»Sind … ähm … die anderen Jungs. Deine Verlobten und seine Brüder. Sind sie …«

Schließlich beendete sie seinen Satz für ihn: »Gestaltwandler? Ja.«

»Okay.« Er nahm einen großen Schluck Kaffee. »Und du?«

»Nein. Ich bin …« Sie überlegte kurz und entschloss sich dann für die Wahrheit, da er schließlich zur Familie gehörte. »Ich bin ihre Gefährtin.«

Das machte ihn neugierig. »Ihre?«

Sie wurde rot. »Ja, das ist eine Art Familiengeheimnis. Es ist eine lange Geschichte und ich weiß noch nicht alles. Für mich ist das fast genauso neu wie für dich. Sie sind Alpha-Drillinge, also gehöre ich zu … allen dreien.«

»Oh.«

Sie stellte ihm einen Teller mit Essen hin. »Geht es dir wirklich gut?«

Er nickte. »Ja. Aber ich verstehe das alles nicht.« Er stocherte in seinem Essen herum, legte dann seine Gabel hin und sah sie an. »Ich bin nicht schwul.«

Sie lächelte. »Das hat Micah neulich auch zu mir gesagt, als er hier aufgetaucht ist.« Sie hielt es nicht mehr aus. »Wegen gestern Abend ...«

Er schüttelte den Kopf. »Ist schon okay.« Seine Wangen wurden noch röter. »Er hat mit mir darüber gesprochen.« Er schob sich eine Gabel Rührei in den Mund. »Es ist okay, im Ernst.«

»Es tut mir leid.«

»Du hast nichts getan.«

»Deshalb tut es mir leid.«

Als er sie endlich ansah, war sein Gesicht dunkelrot. »Wie kann ich nur so in ihn verliebt sein?« Er schüttelte ungläubig den Kopf und sprach mit leiser Stimme weiter. »Es ist ... ich meine ...« Er fluchte. »Es ist, als könnte ich mich nicht einmal daran erinnern, wie es war, jemand anderen zu lieben. Geht es dir auch so?«

Sie nickte. »Ich kann es mir auch nicht erklären. Ich weiß nicht, wie ich es beschreiben soll. Mir ging es genauso mit Ain, Brodey und Cail.«

Er legte seine Gabel wieder neben den Teller. »Ich bin nicht schwul! Aber alles, was ich tun will, ist zurück ins Bett zu rennen und ihn anzuspringen!« Ihm wurde klar, was er gerade gesagt hatte, und er senkte beschämt den Blick. »Tut mir leid.«

Sie lachte und berührte seine Hand. Vielleicht hatte Ain Cail mit Absicht schlafen lassen, da er wahrscheinlich der Beste war, um mit den beiden zu reden. »Ich glaube, du und ich sitzen im selben Boot. Na ja, fast.«

Er nahm wieder einen Bissen Rührei. »Das schmeckt wirklich gut, danke.«

Sie tätschelte seine Hand und ging wieder zum Herd, um mehr zu machen. Als sich ihre Schlafzimmertür öffnete, wusste Elain, dass Cail auf dem Weg in die Küche war.

Einen Augenblick später legte er seinen Arm um ihre Taille und küsste ihren Hals. »Guten Morgen, Schönheit«, flüsterte er ihr sanft ins Ohr.

Allein seine Berührung beruhigte sie. »Guten Morgen.«

Er schenkte sich eine Tasse Kaffee ein und setzte sich an den Tisch. »Guten Morgen Jim. Wie hast du geschlafen?«

Er errötete wieder und Elain lachte nervös, was ihr sofort leidtat.

Cail lächelte. »Hör zu, du kannst uns alles fragen, was du willst, okay? Die Situation mit dir und Micah ist zwar einzigartig, aber unsere auch. Wir werden dir so viele Fragen wie möglich beantworten.«

Jim nickte und schob sich ein Stück Bacon in den Mund.

Als Micah ein paar Minuten später auftauchte, hatte Elain sich auch an den Tisch gesetzt. Der Ausdruck auf seinem Gesicht, als er Jim entdeckte, war voller Begierde und Elain hätte sich am liebsten Cail geschnappt, um wieder mit ihm ins Bett zu springen. Die ungezügelte Liebe und ihre Leidenschaft waren ansteckend.

Er ging um den Tisch herum und umarmte Jim. Es schien, als wollte er ihn küssen, doch er hielt sich zurück. »Da bist du ja.«

Jim sah aus, als wäre er zwischen Verlegenheit und Lust hin- und hergerissen. »Ähm, Frühstück?«

»Ja, gerne.«

Elain deutete zum Ofen und sagte: »Ich habe dir einen Teller hergerichtet.«

»Danke, Elain.«

Die unangenehme Stille war kaum zu ertragen. Micah

sah Elain nicht in die Augen, offensichtlich war er sich vollkommen bewusst, wie aufgebracht sie gewesen war.

Nach ein paar Minuten sah Jim erst zu ihr und dann zu Micah. »Es ist okay, Elain«, versicherte er ihr. »Es geht mir gut.«

Daraufhin warf sie Micah einen wütenden Blick zu. »Du hättest ihm vorher nichts sagen können? Musstest du es wirklich so machen?«

»Beruhig dich, Baby«, knurrte Cail.

Doch es war ihr egal. Sie würde sich lieber eine Standpauke von ihm anhören, als nichts zu sagen. »Nein, ich beruhige mich nicht! Ains Prime-Erlass war nur gestern gültig.« Sie funkelte Micah an. »Du hättest es nicht so machen müssen!«

»Doch, hätte er«, sagte Jim leise und brachte sie so zum Schweigen. Er war immer noch rot im Gesicht. »Ich wäre sonst davongerannt.«

Schließlich fand sie ihre Stimme wieder. »Er hat dich vergewaltigt!«

Jim schüttelte den Kopf. »Ich habe mich ihm unterworfen. Ich hätte mich weiter wehren können. Aber …« Er fluchte erneut. »Ich habe mich nur so lange gewehrt, weil ich es nicht zugeben wollte.«

»Was zugeben?«

Er sah Micah an. »Dass ich ihn vom ersten Moment an wirklich gemocht habe.«

Elain starrte ihn mit offenem Mund an, während Cail sie immer noch von der anderen Seite des Tisches aus anfunkelte. Sie vermutete, dass er ihr dafür den Hintern versohlen würde, aber das war ein kleiner Preis, den sie gerne bereit war zu zahlen.

Jim fuhr fort. »Ja, okay, ich glaube, es wäre dumm, es jetzt zu leugnen, oder? Ich mochte ihn. Solche Gefühle hatte ich vorher noch nie für einen Typen. Aber als ich ihn neulich getroffen habe, wusste ich nicht mehr, wo oben und unten ist. Ich war total verwirrt.« Er nahm einen Schluck Kaffee und sah Micah an. »Ich liebe ihn. Es fühlt sich richtig an, obwohl ich es am Anfang leugnen wollte.«

Er streckte die Hand aus und schob seine Finger zwischen Micahs. »Er hat sich dafür entschuldigt, wie es passiert ist, aber er hat recht. Er musste es tun, sonst wäre ich weggelaufen.«

Eine unbehagliche Stille breitete sich aus. Als Jim und Micah mit dem Essen fertig waren, verriet der zunehmend erhitzte Ausdruck auf den Gesichtern beider Männer Elain, womit sie den Rest des Tages verbringen würden. Als sie aufstanden, um ihr Geschirr zur Spüle zu bringen, winkte Elain ab.

»Lasst das ruhig stehen. Geht spielen.«

Beide Männer erröteten, rannten aber sofort in ihr Schlafzimmer.

Cail stand auf und ging um den Tisch herum. Mit einer schwungvollen Bewegung packte er Elain um die Hüfte. »Gib mir einen Grund, dir dafür nicht den Hintern zu versohlen«, knurrte er.

»Mach nur.«

Sie starrten einander einen Moment lang an, dann lachte Cail. »Du wirst noch in Schwierigkeiten geraten.« Er küsste sie und ließ sie los. Als sie sich umdrehte, um die Teller vom Tisch einzusammeln, gab er ihr einen harten Klaps auf den Hintern.

Sie schrie auf und drehte sich um. »Hey, du hast gesagt, ich soll es tun«, sagte er.

»Klugscheißer.«

Dann verdunkelte sich sein Blick. »So wie du gerade mit Micah geredet hast, kannst du nicht mit anderen Gestaltwandlern reden, Cousin hin oder her.«

Sie wollte gerade widersprechen, dachte dann aber daran,

was die Männer ihr über ihre Eltern erzählt hatten. Sie entschied, dass sie diesen Streit vielleicht lieber lassen sollte.

Er zog sie an sich, küsste sie und streichelte mit der Hand ihren Hintern.

»Es tut mir leid.«

»Wann wollt ihr überhaupt anfangen, mir diesen blöden Kodex eurer Vorfahren beizubringen?«

Er ließ sie los und füllte seinen Kaffee nach. »Also, jetzt, wo Micah Jim hat, können wir euch beide eigentlich gleichzeitig unterrichten. Er muss dieses Zeug auch lernen.«

KAPITEL ZEHN

*D*urch all die Gestaltwandlerhormone, die im Haus herumflogen, spürte Elain, wie ihr eigenes Verlangen wieder in ihr aufkam und immer größer wurde. Drei Tage nach der Zeremonie von Micah und Jim wusste sie, dass sie mit ihren Männern sprechen musste. Doch in Anbetracht dessen, wie schlecht der letzte Jagdversuch verlaufen war, zögerte sie mit ihrer Bitte. Erst als sie wusste, dass sie es nicht mehr lange aushalten würde, sprach sie nach dem Abendessen endlich mit ihren Männern, während sie sich auf der Veranda entspannten.

Ain schloss die Augen und kniff sich in den Nasenrücken, eine Geste, von der sie schon wusste, dass sie nichts Gutes hieß. »Baby, ich bin mir nicht sicher, ob das eine gute Idee ist.«

»Ich werde es tun!«, meldete Brodey sich eifrig.

Elain legte ihren Arm um Brodeys Taille. »Danke, Brodey. Ich verspreche auch, nicht wieder gegen einen Baum zu rennen.«

Cail und Ain warfen sich einen Blick zu, doch Elain bemerkte es. »Was?«

Cail zwang sich zu einem Lächeln. »Nichts Baby. Ist schon okay.« Er zeigte auf Brodey. »Du musst auf sie aufpassen.«

Brodey schlang seine Arme um Elain. »Spart euch den Vortrag, Leute.« Er küsste zärtlich ihren Hals, was ihre Knie sofort weich werden ließ. »Ich werde dich so gut ficken, Baby.«

Sie wand sich gegen ihn und fragte sich für einen Moment, warum sie sich von ihm jagen lassen wollte, bevor sie sich lieben konnten. Doch dann durchzuckte sie wieder ihr Bedürfnis nach der Jagd. »Erst am Ende, Brod. Nachdem du mich erwischt hast.«

Seine Lippen glitten ihren Hals hinab. »Ich glaube, es wird mir gefallen, dich zu ficken, während ich verwandelt bin.«

Ihr Bauch kribbelte, sie kämpfte innerlich mit ihrer Empörung und gleichzeitig mit dem Verlangen nach der Jagd, doch das Verlangen gewann schließlich die Oberhand. »Du fickst mich nicht verwandelt.« Wem machte sie etwas vor? Sie wusste ganz genau, dass sie sich sehr wahrscheinlich von ihm ficken lassen würde, wenn er sie erwischte, selbst wenn er verwandelt war.

»Das werde ich, wenn ich dich erwische.«

Ein Teil von ihr wollte ihn anflehen, sie sofort zu ficken.

Die anderen beiden Männer sahen amüsiert zu. »Brod«, unterbrach Ain ihn, »du musst sie Laufklamotten anziehen lassen.«

»Vielleicht will ich ja, dass sie naggisch rennt.«

Sie kicherte. »Naggisch? Warum sagst du nicht ›nackt‹?«

»Weil ich lange und hart daran gearbeitet habe, wie ein Südländer zu klingen. Und naggisch klingt besser.« Er knabberte sanft an ihrer Schulter und löste damit elektrische Schläge zwischen ihren Beinen aus. »Ich weiß nur, dass ich es kaum erwarten kann, dich hart und schnell zu ficken, Baby.«

Er küsste sie ein letztes Mal, schlug ihr auf den Hintern und trat dann zurück, um sich auszuziehen. Während er sein Hemd aufknöpfte, verhärtete sich sein Blick. »Geh und zieh dich um, bevor ich dich wirklich *nackt* rennen lasse.«

Sie schluckte. Seine Stimme klang plötzlich hart, wie die eines Alphas. Sie wusste, dass er keine Schwierigkeiten hatte, in die Rolle des Jägers zu schlüpfen. Von den drei Brüdern war Brodey am meisten im Einklang mit seinem Wolf, er konnte ihn am besten kontrollieren und nach Bedarf ins Spiel bringen.

»Ich bin gleich wieder da«, sagte sie und eilte ins Haus.

Brodey lächelte, während er weiter sein Hemd aufknöpfte und es über eine der Stühle auf der Terrasse legte. »Das wird lustig.« Er setzte sich hin und begann, seine Stiefel auszuziehen.

Ain sah wieder zu Cail hinüber. »Brod, hör zu. Ich möchte, dass du vorsichtig bist.«

»Alter, ich dachte, wir hätten das schon besprochen.«

Cail mischte sich ebenfalls ein. »Das meint er nicht damit.«

Brodey sah die beiden verwirrt an. »Und was meint er dann damit?«

Ain setzte sich ihm gegenüber und sprach mit leiser Stimme weiter. »Weißt du noch, wie sie sich an dem Abend verhalten hat, als ich sie gejagt habe? Wenn sie wieder so wird, versuche bitte, vorsichtig zu sein und nicht deinen Alpha die Kontrolle übernehmen zu lassen. Ich weiß, dass es für sie besser wird, wenn du das tust, aber es wäre schwierig für mich und Cail, sie und dich zu kontrollieren.«

Brodey setzte sich auf und sah seine Brüder an. »Was verschweigt ihr mir?«

Cail antwortete. »Das wissen wir noch nicht. Wir wissen nicht genug, um diese Frage zu beantworten.«

»Was zum Teufel?«

»Brod, bitte«, bat Ain. »Er hat recht, wir wissen es nicht. Wenn wir es wissen, werden wir dir mehr erzählen.« Er warf einen Blick zum Haus und spürte, dass Elain bald zurückkehren würde. »Bitte?«

Brodey schnaubte. »Okay«, grummelte er und zog seinen anderen Stiefel aus. »Ihr Arschlöcher denkt sowieso, dass ich der Dumme von uns bin.«

»Nein, denken wir nicht«, beharrte Cail. »Bitte vertraue uns.«

Brodey war nun barfuß und stand auf, um seine Jeans auszuziehen, darunter trug er keine Unterhose. »Wie auch immer. Lasst mich heute Abend einfach in Ruhe, okay? Wenigstens lasse ich sie nicht gegen einen gottverdammten Baum rennen wie manch anderer.« Wütend ließ er seine Jeans auf den Boden fallen und drängte sich an seinen Brüdern vorbei.

Ain wollte gerade etwas sagen, doch in diesem Moment kam Elain aus dem Haus. »Ich bin bereit.«

Brodey lächelte. »Du hättest alles weglassen können, bis auf die Laufschuhe, Baby.«

»Du musst mich zuerst erwischen, Adonis.«

Brodeys Schwanz richtete sich etwas auf und er sah sie mit zusammengekniffenen Augen an. »Ich werde dich auf jeden Fall fangen. Die Frage ist, wie schwer willst du es mir machen?«

Elain trat nach vorn, den Blick auf Brodey gerichtet. Ain und Cail traten zurück, um ihnen Platz zu machen.

»Du wirst verdammt hart dafür arbeiten müssen, Süßer. Wenn du denkst, dass ich gleich aufgeben werde, hast du dich geirrt.«

Da sie verschiedene Kampfsportarten beherrschte, gab es

keinen Zweifel, dass es eine Herausforderung für Brodey werden würde.

Er stand vor ihr und funkelte sie mit seinen grünen Augen, die dunkel und gefährlich wirkten, an, während sein Alpha darum kämpfte, die Oberhand zu gewinnen. Seine Stimme klang leise, fast wie ein Knurren. »Ich werde dich jagen, Schatz. Ich werde dich fangen. Und wenn ich dich habe, werde ich dir das Gehirn rausficken.«

Elains Herz hüpfte auf eine berauschende Art und Weise. Sie wusste ganz genau, dass er jedes Wort ernst meinte. »Hunde, die bellen, beißen nicht, Kumpel.«

Er grinste, aber als sich seine Lippen von seinen Zähnen lösten, sah es fast wie Zähnefletschen aus. »Ich werde dich fangen und ficken.« Er zog sie fest an seine Brust, und während er seine Lippen an ihr Ohr führte, drückte sein harter Schwanz gegen ihre Hüfte. »Ich werde dafür sorgen, dass du schön nass bist, und dann werde ich deine süße Muschi ficken. Und wenn du dann unbedingt kommen willst, werde ich dich umdrehen und vielleicht deinen schönen, engen Arsch ficken.«

Sie schnappte nach Luft, ein Hauch von Angst machte sich neben dem Verlangen bemerkbar. »Was?«

Er knabberte an ihrem Ohrläppchen. »Ain war bis jetzt der einzige glückliche Bastard, der dich so hatte. Jetzt will ich dich auch von hinten ficken.« Seine Hände glitten über ihre Hüften, legten sich um ihren Arsch und gruben sich in die Haut, während er anfing, sich an ihr zu reiben. »Ich würde gerne meinen Schwanz in deinen süßen, engen Arsch schieben. Davon träume ich schon die ganze Zeit«, flüsterte er mit rauer Stimme, »und dann werde ich mich verwandeln und dir zeigen, wie es wirklich ist, die Gefährtin von Alphas zu sein.« Ein Teil von ihr wollte ihn von sich stoßen und davonlaufen.

Doch der andere Teil wollte sich in seinen Armen fallen lassen und ihn alles machen lassen.

Brodey war noch nicht fertig. »Weißt du, was passiert, wenn Wölfe ficken, Baby?«

»Nein«, quietschte sie.

Er drückte seine Hüften wieder gegen sie. »Ich habe es noch nie in Wolfsgestalt getan. Aber wenn ich dich gefangen habe und mein Schwanz in deinem süßen Arsch steckt, werde ich mich mit dir verhaken. Du wirst spüren, wie mein Schwanz anschwillt und sich in dir festkeilt, und du wirst stillhalten müssen und dich von mir ficken lassen, bis ich komme und dich gehen lasse.« Er knabberte an ihrem Ohrläppchen. »Und wenn wir schon dabei sind, werde ich dich auch selbst markieren.« Mit einer Hand fuhr er ihren Rücken entlang und seine Finger zeichneten die vorhandene Markierung auf ihrer Schulter durch ihr Oberteil hindurch nach. »Meine Markierung. Jeder wird wissen, dass du nicht nur unsere Gefährtin bist, sondern dass du meine süße kleine Schlampe bist.«

Sie war sich vage bewusst, dass Cail und Ain sie beobachteten, aber sie hatte das Gefühl, dass ihre Welt in Brodeys Armen und seinem tiefen, moschusartigen Duft begann und endete.

Dann realisierte sie, was er gerade gesagt hatte und schob ihn einen Schritt zurück. »Deine *was*?«

Er grinste, kam wieder näher und packte ihre Handgelenke. »Meine süße kleine Schlampe.« Er leckte ihren Hals hinauf und streifte sanft ihre Haut mit seinen Zähnen. »Und es gibt verdammt noch mal nichts, was du dagegen tun kannst. Du wirst jede Sekunde genießen und um mehr betteln.«

Elain verschmolz fast wieder mit ihm, doch dann gewann ihre Empörung die Oberhand und sie nahm einen tiefen

Atemzug. »Du wirst mich sicher nicht in Wolfsgestalt ficken! Und ich bin niemandes verdammte Schlampe!«

Seine Augen funkelten und sein Wolf war offensichtlich nach vorn gestürmt. »Dann solltest du besser so schnell rennen, wie du noch nie zuvor in deinem verdammten Leben gerannt bist, kleines Mädchen. Dieser große böse Wolf wird dich erwischen, bevor du bei der großen Scheune ankommst, und dann wirst du sehen, was es bedeutet, es wie ein Hund zu treiben.«

»Die große Scheune?«

Er ließ ihre Handgelenke los und leckte sich über die Lippen. »Dreißig Sekunden, Baby. Das ist dein Vorsprung, bevor ich mich verwandle. Wenn du es bis zum Zaun bei der großen Scheune schaffst, bevor ich dich erwische, dann gebe ich dir noch einen Vorsprung und jage dich auf zwei Beinen. Aber wenn mein Wolf dich erwischt, wird mein Wolf dich ficken.«

Elain wagte es nicht, ihm zu widersprechen. Stattdessen raste sie in einem beeindruckenden Sprint über den Hof.

* * *

BRODEY SAH ihr nach und kämpfte gegen den Drang an, sich zu verwandeln und ihr sofort nachzujagen. »Cail, stoppe die Zeit.«

Cail warf einen Blick auf seine Uhr, während er und Ain vorsichtig vortraten, um ihn nicht zu erschrecken und ihn so zu einer voreiligen Reaktion zu bringen. »Alles okay, Brod?«, fragte Cail.

Brodeys beobachtete mit zusammengekniffenen Augen, wie sie im Wald verschwand. »Ja, sobald ich meine Gefährtin ficken kann.«

»Du kannst es nicht verwandelt mit ihr tun«, sagte Ain. »Du kannst ihr zwar damit drohen, um sie für die Jagd in die richtige Stimmung zu bringen, aber das kannst du ihr nicht antun. Wir haben es ihr versprochen. Und du kannst sie nicht in den Arsch ficken, wenn sie es nicht will.«

Brodeys schürzte die Lippen. »Sag mir *nicht*, was ich mit meiner Gefährtin machen kann und was nicht!«

Ain wollte sich gerade mit ihm anlegen, doch Cail stellte sich mit dem Rücken zu Brodey zwischen die beiden. »Ain, sein Alpha hat schon die Kontrolle. Tu das nicht. Er wird ihr nichts tun, das weißt du.«

»Wir haben es ihr versprochen!«

»Ja«, sagte Cail, »und ich habe im Grunde dieselbe Drohung bei ihr verwendet.«

»Aber dein Alpha hatte nicht die Kontrolle.«

»Er wird ihr nichts tun«, beharrte Cail.

Ain funkelte Brodey an, trat aber zurück. Dann schürze er seine Lippen und drohte Brodey mit dem Finger. »Wenn du sie verletzt oder zum Weinen bringst, werde ich dir so in den verdammten Arsch treten, dass du es nie wieder vergessen wirst.«

Brodeys Haltung veränderte sich, sein ganzer Körper spannte sich an. »Wenn du dich zwischen meine Gefährtin und mich stellst, reiße ich dir die Kehle auf, Bruder hin oder her. Prime hin oder her.« Seine Augen hatten sich verdunkelt und waren fast vollständig schwarz, während sein Alpha nach vorn drängte, um die Kontrolle zu übernehmen.

Cail sah Brodey über die Schulter an. »Beweg deinen Arsch und renn ihr nach.«

Als Antwort knurrte Brodey. »Ich gebe ihr zwei Minuten Vorsprung. Ich hab zwar gesagt, dass ich ihr schon nach dreißig Sekunden verwandelt hinterherrennen werde, aber wir wissen alle, dass sie keine Chance hat, wenn ich verwandelt bin.«

Cail atmete erleichtert auf. »Siehst du, Ain? Er spielt zu ihren Gunsten.«

Ain funkelte ihn immer noch an, aber seine Körperhaltung entspannte sich ein wenig. »Ich hasse diesen verdammten Scheiß. Ich hasse es, ihr das anzutun!«

Brodey wich zurück und drehte sich um, wobei er seine Schultern und seinen Nacken streckte und dehnte. »Sie braucht es. Ich bin bereit, ihr alles zu geben, was sie braucht, um sie glücklich zu machen. Wenn es das hier ist, werde ich es ihr geben, auch wenn ihr zwei es nicht wollt.« Bevor seine beiden Brüder antworten konnten, verwandelte sich Brodey. Dann warf er den Kopf zurück und stieß ein langes, lautes Heulen aus.

Allerdings rannte er nicht sofort hinter ihr her, sondern umkreiste den Pool noch zweimal, wobei er noch ein paarmal aufheulte. Dann sah er Cail fragend an.

Cail warf einen Blick auf seine Uhr. »Es sind drei Minuten vergangen.«

Brodey schnaubte und sprang mit der Nase am Boden über den Hinterhof.

Währenddessen versuchte Ain das unangenehme Gefühl in seiner Magengrube zu ignorieren. »Das gefällt mir nicht. Was ist, wenn etwas passiert? Was ist, wenn sie wirklich zu einem Teil Gestaltwandlerin ist und es bei der Jagd herauskommt?«

»Ganz ehrlich? Wenn das wirklich passieren sollte, ist Brodey der Beste, um mit ihr fertig zu werden.«

»Ich hätte nie gedacht, dass ich dich das sagen hören würde.«

Cail schnaubte. »Ich hätte auch nie gedacht, dass ich das sagen würde.«

* * *

ELAIN RANNTE, sie keuchte abgehackt, was völlig untypisch für sie war. Langstreckenlauf war eigentlich ihre Spezialität, doch jetzt rang sie schon nach so kurzer Zeit nach Luft. Sie kannte den Weg zur großen Scheune, aber wenn Brodey verwandelt war, hatte sie keine Chance vor ihm dort anzukommen, selbst mit Vorsprung. Er war viel zu schnell.

Sie hörte sein Heulen irgendwo in der Ferne hinter sich und es spornte sie an, noch schneller zu rennen. Gleichzeitig versuchte sie, ihre Gedanken und ihren Körper unter Kontrolle zu bekommen. Wenn sie ihrer Angst erlaubte, die Kontrolle zu übernehmen, würde sie keine Chance haben.

Sie versuchte, ihre Gedanken zu beruhigen, konzentrierte sich auf ihre Atmung und ihren Herzschlag. Plötzlich wurde sie von Endorphinen durchflutet und alles in ihr schien sich zu beruhigen. Oder war es etwas anderes?

Es fühlte sich nicht wie das Glücksgefühl an, was sie sonst manchmal beim Rennen bekam. Der Wald schien plötzlich viel heller zu sein, als hätte sie ein Nachtsichtgerät auf. Und auch ihr Gehör war viel schärfer, sodass sie jedes Geräusch um sich herum wahrnahm.

Die Gerüche waren plötzlich viel stärker, von den süßen holzigen Zypressen bis zur würzigen Schärfe der Kiefern, der reichen Erde und den kleinen Tieren, die in Deckung eilten.

Das hier war anders. Ihre Füße fühlten sich leichter an als je zuvor, jeder Schritt sicher und präzise.

Schon bald rannte sie in einem gleichmäßigen, beruhigenden Rhythmus. Ihre Gedanken schweiften ab, und sie hörte irgendwo hinter sich Brodeys Gedanken.

»Gefährtin. Meine Gefährtin. Lauf, kleines Mädchen, denn ich werde meine Gefährtin gleich fangen.« Tief in ihr stieg eine weitere Empfindung auf, unaufhaltsam, und brachte sie dazu, laut aufzuheulen. Die Kontrolle über ihre Gedanken schien ihr zu entgleiten, sie riss sich ihr Oberteil über den Kopf und schmiss es hinter sich auf den Pfad, dann verlor sie endgültig die Führung.

* * *

BRODEY HIELT KURZ INNE. *Was zum Teufel?*

Er schnupperte und wusste sofort, dass es ihr Oberteil war, in dem sie gerade noch gerannt war. Er trat zurück, hob es auf und sah es sich an. Es war weder zerrissen noch beschädigt, als hätte sie es einfach ausgezogen.

Er schickte seine Gedanken aus und versuchte, sie zu finden, wollte aber nicht, dass sie spürte, dass er vor Überraschung über die Entdeckung aus dem Alpha-Modus gerutscht war. Sie rannte immer noch, aber …

Er runzelte die Stirn und schnupperte in die Luft.

Was zum Teufel?

Er überlegte einen Moment lang, ließ das Oberteil fallen, verwandelte sich und machte sich wieder auf den Weg, diesmal mit der festen Absicht, sie einzuholen. Nicht um sie zu ficken, sondern um herauszufinden, was zum Teufel los war.

Um herauszufinden, warum er plötzlich eine Wölfin witterte. Dann hörte er das Heulen.

* * *

ELAINS GEDANKEN SCHWEIFTEN AB, während ihr Körper übernahm. Ihre Schritte fühlten sich nicht richtig an, zwei Füße waren nicht mehr gut zum Laufen, nur auf allen vieren würde sie in der Lage sein, ihre Muskeln richtig zu nutzen.

Sie hielt an, zog ihre Turnschuhe, die Sporthose und ihr Höschen aus und rannte dann weiter, während ihre Zunge aus ihrem Mund hing.

* * *

OKAY, das ist wirklich verdammt seltsam.

Brodey trat zurück und sah sich den Kleiderhaufen an. Er glaubte nicht, dass Elain sich ausgezogen hatte, um ihn abzulenken, obwohl es ihn ablenkte. Er glaubte auch nicht, dass sie es getan hatte, um ihn zu bremsen.

Und wer zum Teufel war die Wölfin auf ihrem Grundstück? Er rannte wieder los und verwandelte sich mitten im Sprung zurück zum Wolf.

* * *

Rennen ... *muss rennen ... muss rennen ...*

Der Gedanke hämmerte genauso heftig durch Elains Gehirn, wie ihr Herz in ihrer Brust hämmerte. Sie streckte ihre Beine aus, rannte und wünschte sich, sie könnte auf allen vieren statt aufrecht weiterrennen, als um sie herum plötzlich alles sehr hell wurde und sie ungefähr einen Meter an Höhe zu verlieren schien.

Sie hätte es infrage gestellt, wenn sie nicht den Geruch eines Waschbären wahrgenommen hätte und vom Weg weggerannt wäre, um hinter ihm herzustürmen.

* * *

Brodey erstarrte und lauschte. In der Ferne hörte er etwas, das definitiv wie ein Heulen klang, und etwas sehr Großes, das durch das Unterholz krachte. Angst machte sich in ihm breit. Elain war irgendwo da draußen, und wenn ein fremder Wolf ihr Grundstück durchstreifte, könnte Elain in Gefahr sein.

Er hatte nicht bemerkt, dass sie vom Weg abgekommen war, doch plötzlich bemerkte er, dass ihr Geruch verschwunden war. Also rannte er zurück, um sie zu finden. *Was zur Hölle?*

Leider war der Geruch des unbekannten Wolfs stärker als

ihrer, sodass er Schwierigkeiten hatte, sie zu riechen. Mit rasendem Herzen beschleunigte er seine Geschwindigkeit und raste durch das Unterholz. Scheiße! Er würde es sich nie verzeihen, sollte ihr etwas passieren!

* * *

ELAIN TRIEB den Waschbären zu einem Baum, wo er nach oben in Sicherheit kletterte und dann von einem Ast zu ihr herunterschaute und keckerte. Elain knurrte und kratzte an dem Baum, doch ihr wurde schnell klar, dass sie nicht zu dem Tier hochkommen würde.

In diesem Moment nahm sie den Hauch eines Gedankens wahr und ihr Kopf wurde klar. *Brodey!*

Die Jagd!

Sie drehte sich um und rannte durch das Gestrüpp zur großen Scheune.

* * *

BRODEY BLIEB am Baum stehen und starrte zu dem verängstigten Waschbären hoch. Zweifellos war hier vor Kurzem ein Wolf vorbeigekommen, und Elain. Er senkte die Nase auf den Boden, fand die Spur und machte sich wieder auf den Weg. Ain und Cail würden ihn nicht töten müssen, wenn der Wolf Elain etwas angetan hatte, denn er würde sich aus Schuldgefühlen selbst töten wollen.

Er raste durch das Unterholz, versuchte aufzuholen, und fragte sich, wie zum Teufel Elain es geschafft hatte, so schnell durch den Wald zu rennen, obwohl sie nicht mal auf dem Weg geblieben war. Dann gelang er endlich auf das offene Weideland, was es ihm ermöglichte, noch schneller zu rennen. Sie waren vielleicht zweihundert Meter von der großen Scheune entfernt, mussten aber ein weiteres Stück Wald durchqueren, um dorthin zu gelangen.

Als Brodey den Zaun bei der Scheune erreichte, sah er schockiert, wie Elain nackt und schmutzig auf dem Boden kauerte und ihn anknurrte. Er verwandelte sich sofort wieder in seine menschliche Gestalt und streckte eine Hand aus. »Schatz, geht es dir gut?«

Sie knurrte, was Brodey erschreckte und seinen Alpha hervorlockte.

Brodey bemühte sich, die Kontrolle zu behalten, und hielt seine Stimme leise und ruhig. Von einem weiteren Wolf war jetzt nichts mehr zu sehen; der andere Geruch war verschwunden. »Elain, Baby, rede mit mir.«

Ihre Oberlippe schob sich hoch, und sie knurrte wieder. Dann ging sie in die Hocke und er wusste, dass sie sich auf einen Angriff vorbereitete.

Einen Angriff auf ihn.

Er hasste es, so mit ihr zu sprechen, erlaubte aber seinem Alpha, die Kontrolle zu übernehmen, um zu versuchen, sie so zu zügeln. »Elain! Reiß dich aus diesem Zustand raus!« brüllte er.

Sie bewegte sich nicht und knurrte weiter tief und bedrohlich.

Sein Schwanz zuckte und wurde hart. Das war nicht wie an dem Abend ihrer ersten Verfolgungsjagd, das hier war ganz anders. Und Herrgott, er wollte dieses Knurren unbedingt aus ihr herausficken.

»Unterwerfe dich mir. *Sofort.*«

Er hörte ihre Gedanken mehr, als dass er ihre knurrende Stimme verstand. »*Fick. Dich.*«

»Das war's.« In dem Moment, als sie sich völlig außer Kontrolle auf ihn stürzte und mit den Fäusten nach ihm schlug, machte er einen Schritt auf sie zu und versuchte, sie festzuhalten.

Er manövrierte sie zurück in den Wald, wich ihren Schlägen so gut es ging aus und hielt sie so fest, dass sie keine Chance hatte, sich loszureißen. Aber Flucht schien das Letzte zu sein, woran sie dachte. Er versuchte, ihre verschwommenen Gedanken zu durchdringen, um so mit ihr zu reden. Doch als Antwort erhielt er nichts als unzusammenhängendes Knurren und Grunzen.

»Okay, also gut. Du willst, dass ich den großen bösen Alpha spiele, Süße? Dann spielen wir jetzt.« Er schmiss sie sich über die Schulter und ließ sie dann mit dem Rücken gegen einen Baum knallen. Der Aufprall ließ sie aufstöhnen und nach Luft schnappen.

Dann packte er ihre Arme und drehte sie herum, drückte ihr Gesicht in den Dreck und sprang auf sie. »Unterwerfe dich!«, zischte er.

Sie knurrte als Antwort.

Brodey zwang ihre Beine mit seinen Knien auseinander. »Unterwerfe dich, Gefährtin!« Inzwischen war es unmöglich, seinen Alpha zu zügeln, und für einen kurzen Moment hasste er sich selbst dafür.

Jetzt verstand er Ains Qual in dieser Nacht, weil er sie so übermannt hatte.

Unter ihm krallte sich Elain in den Boden, sie wehrte sich und knurrte immer noch. Brodey schlang einen Arm um ihre Taille und zog sie auf die Knie. Mit seiner anderen Hand packte er ihr Haar und zog ihren Kopf zurück. »Unterwerfe dich.«

»Nein!«

Jenseits von Vernunft und in der Hoffnung, dass sie ihn am nächsten Morgen nicht hassen würde, biss er in ihre Schulter. Er stieß seine Zähne mit voller Wucht direkt in die Stelle, wo sie bereits von Ain gebissen worden war.

Sofort hörte sie auf, sich zu wehren und gab ein leises, miauendes Geräusch von sich. Dann fing sie an, ihre Hüften gegen sein Becken zu reiben. In Gedanken versuchte er es noch einmal. »*Unterwerfe dich!*«

»Ja!«, keuchte sie.

Sofort stieß er seinen Schwanz in sie und sie schrie wieder, nur dieses Mal aus Leidenschaft und Vergnügen. Er begann, sie schnell und hart zu ficken, leckte über ihre Haut und küsste ihre Schulter bis zu ihrem Nacken hoch, wo er sie mit seinen Zähnen streifte. Er ließ ihr Haar los und ließ seine Hand sinken, glitt mit seinen Fingern zwischen ihre Beine, wo er ihren Kitzler fand und bearbeitete.

Sie zitterte in seinen Armen. »Oh Gott, ja!«

Er hatte gerade genug Kontrolle über seinen Alpha, um sich nicht zu verwandeln und sie wie einen Wolf zu ficken, obwohl er den Drang dazu spürte.

»Komm für mich, Gefährtin. Komm für mich ... jetzt!«

Sie schrie, und ihre Muskeln verkrampften sich um seinen Schwanz. Ihr Höhepunkt überwältigte sie, und während ihr Körper jegliche Muskelkontrolle verlor, drückte er sie zu Boden und fickte sie noch schneller und härter, bis er ebenfalls mit einem lauten Schrei kam.

Erschöpft und befriedigt schlang er seine Arme fest um sie und rollte sie an seine Seite, während sein weich werdender Schwanz immer noch in ihr steckte. Sie kuschelte sich fest an ihn und sie schliefen beide vor Erschöpfung ein.

* * *

»Ähm.«

Brodey öffnete die Augen und sah Cail, der über ihm stand.

Oder vielmehr über ihnen, da Elain immer noch fest an ihn gekuschelt war. Der Position des Mondes nach zu urteilen, musste es früher Morgen sein, kurz vor der Morgendämmerung.

»Äh. Hey, Bruder.«

Cail verdrehte die Augen. »Ain dreht komplett am Rad.« Er warf Brodey etwas zu, das wie Elains Kleidung aussah. »Danke einfach deinem verdammten Glück, dass ich dich gefunden habe, und nicht er.«

»Wo ist er?«

»Er wartet mit dem Wagen da drüben.« Er kniete sich neben Elain. Brodey unterdrückte den instinktiven Drang, seinen Bruder anzuknurren.

Sein Alpha musste sich zurückhalten.

Cail streckte die Hand aus und streichelte Elains Wange. »Süße, Hallo. Dornröschen. Zeit aufzuwachen.«

Sie murmelte verschlafen vor sich hin, drehte sich in Brodeys Armen herum und drückte ihr Gesicht an seine Brust.

Cail sah Brodey an. In diesem Moment wusste Brodey, dass es etwas gab, das ihm seine Brüder nicht gesagt hatten, aber er ging davon aus, dass sie es bald tun würden. Und zwar, sobald er von Elains Verhalten während der Jagd erzählt hatte. Brodey schüttelte sie sanft. »Süße, wir müssen aufstehen und zurück zum Haus gehen.«

»Mmmh.«

Er löste sich von ihr und setzte sich auf, dann zog er sie ebenfalls in eine sitzende Position, doch sie hielt die Augen geschlossen. »Komm schon, du kannst im Haus weiterschlafen. Wir können ausschlafen.«

Cail seufzte, streckte die Hand aus und nahm Elain in die Arme. Immer noch mit geschlossenen Augen schlang sie ihre Arme um Cails Hals und ließ sich von ihm tragen.

Brodey stand auf, schnappte sich Elains Kleidung und trottete hinter seinem Bruder her.

Ain lehnte an der Seite des Trucks und sah alles andere als glücklich aus. Er öffnete Cail die Beifahrertür, damit er mit Elain einsteigen konnte. Er machte sich nicht die Mühe, mit Brodey zu reden.

»Geht es ihr gut?«, fragte er Cail. »Ist sie verletzt?«

»Es geht ihr gut. Sie ist nur ein sehr müdes, schläfriges Mädchen.«

Brodey beobachtete, wie Ain ihre Stirn streichelte und ihr einen Kuss auf die Schläfe drückte. »Bringen wir sie zurück ins Haus.« Er funkelte Brodey an, bevor er um den Truck herumging und einstieg. Brodey kletterte auf den Rücksitz und wich Ains wütendem Blick im Rückspiegel aus.

Niemand sprach, und Ain fuhr sehr langsam, um sie nicht wachzurütteln. Nach kurzem Zögern legte Brodey seine Hand auf ihren Arm, und Cail ließ es zu.

Vor dem Haus übergab Cail sie an Brodey. »Herrgott, ihr zwei seid dreckig. Was habt ihr gemacht, eine Schlammschlacht?«

Brodey war sich vage bewusst, dass er aussah, als hätte er sich im Dreck gewälzt. Elain war mit Schmutz bedeckt und hatte Blätter und Kiefernnadeln in ihrem Haar. »So ähnlich. Ich mache sie sauber.«

* * *

Ain öffnete ihnen die Haustür. Er wollte Brodey gerade ins Badezimmer folgen, als Cail ihn am Arm packte und den Kopf schüttelte. Als Ain einen Moment später hörte, wie die Dusche anging, drehte er sich zu Cail um.

»Gib mir einen Grund, warum du mich zurückgehalten hast.«

»Gib ihm die Möglichkeit, sich um sie zu kümmern. Das brauchen sie beide. Ich könnte wetten, dass er sich genauso fühlt, wie du dich nach der ersten Verfolgungsjagd gefühlt hast. Lass ihm diese Zeit mit ihr.«

Ain schloss die Augen und fluchte leise. »Okay, du hast

recht.« Dann ging er in die Küche. »Es ist fast vier und ich werde sicher nicht schlafen können. Also kann ich mich genauso gut an die Arbeit machen.«

Cail folgte ihm in die Küche und stellte eine Kanne Kaffee auf. »Wir müssen es ihm sagen.«

»Ich möchte nicht, dass er es erfährt. Es gibt noch nichts zu wissen.« Er bemerkte Cails Gesichtsausdruck. »Was? Was verheimlichst du mir?«

Cail starrte aus dem Fenster auf den dunklen Hof. »Da draußen ist etwas Seltsames passiert, und ich weiß nicht, was. Du und ich müssen uns so schnell wie möglich hinsetzen und mit Brod sprechen. Wenn Elain nicht in der Nähe ist.«

»Was meinst du damit, dass etwas Seltsames passiert ist?«

»Ich glaube, sie hat sich verwandelt.«

* * *

BRODEY VERSUCHTE, Elain zu halten und gleichzeitig die Dusche anzustellen. Nach ein paar Versuchen merkte er, dass das unmöglich war und stellte sie auf die Füße. Sie murmelte etwas und hielt sich mit ihren Armen um seinen Hals fest. Er stützte sie mit einem Arm und benutzte den anderen, um die Dusche anzumachen und die Temperatur zu testen.

Während er sie sorgfältig wusch, ihr Haar mit seinen Fingern entwirrte und die Blätter und Tannennadeln vorsichtig herauszog, öffnete sie kurz ihre Augen. Dann wusch er sie sanft mit einem seifigen Waschlappen ab. Als sie leise schnarchte, wurde ihm klar, dass sie wieder eingeschlafen war. Er küsste ihre Stirn und shampoonierte ihr Haar sorgfältig. Ein paar Minuten später war sie sauber und in ein großes, flauschiges Handtuch eingewickelt.

Er trug sie zu ihrem Bett, ohne sich die Mühe zu machen, die Dusche abzustellen. Nachdem er sie ins Bett gelegt hatte, ging er zurück unter die Dusche, um sich selbst zu waschen und dann zu ihr ins Bett zu kriechen. Innerhalb von Sekunden fiel er in einen tiefen Schlaf.

Als er an diesem Morgen kurz vor zehn aufwachte, schlief Elain noch tief und fest an seiner Brust. Ihr Haar war völlig schief getrocknet, wodurch sie zerzaust und wild aussah.

Jetzt, da die Erschöpfung, das Adrenalin und sein Alpha nicht mehr im Weg waren, konnte er die Jagd in Gedanken noch einmal durchzugehen.

Ihre Reaktion.

Während er in ihr schlafendes Gesicht starrte, spielte Brodey mit ihrem Haar. Er wickelte ein paar Strähnen um seine Finger und versuchte, das Ausmaß ihres Verhaltens zu begreifen. Ihm war klar, dass er sofort mit Ain und Cail sprechen musste.

Als ob das Ain nicht wie eine verdammte Explosion an die Decken gehen lassen wird. Er wird sie nie wieder rennen lassen.

Er schloss die Augen und atmete ihren Duft ein. Seine Eine. Ihre Eine. Wie perfekt sie für sie alle war. Brodey hatte Ain und seinen Prime-Status nie beneidet, obwohl er selbst immer derjenige gewesen war, der sich mit seinem inneren Alpha am wohlsten gefühlt hatte. Doch Ain hatte damit nie ein Problem gehabt.

Ain würde ihre Not nicht so verstehen wie Brodey. Er hatte es letzte Nacht in ihr gespürt, den Wolf in ihr, egal, wie unwahrscheinlich es war. Er hatte gespürt, dass ihr Drang nicht mit einem Lauf oder einer Jagd gestillt wäre.

Es war wichtig für sie gewesen, von ihrem Gefährten zu Fall gebracht zu werden. Sie hatte die Gewissheit gebraucht, dass er in der Lage war, es mit ihr aufzunehmen und sich um sie kümmern konnte.

Eine Weile später streckte sie sich und öffnete ihre Augen. »Hey.«

Er streichelte ihre Wange. »Selber hey. Wie fühlst du dich?«

Sie errötete. »Gut.«

»Warum wirst du rot?« Er strich mit seinen Fingern über ihre Wangenknochen. »Warum ist es dir peinlich?«

»Ich kann mich nicht an viel von gestern Abend erinnern.«

»Das ist okay. Ich glaube, du hast dich amüsiert. Fühlst du dich jetzt wieder ausgeglichen?«

Sie nickte und rollte sich auf ihn. »Ich kann es nicht erklären. Es ist, als ob etwas versucht, aus mir herauszukommen. Ich weiß, es klingt dumm. Aber was auch immer wir getan haben, hat dieses Gefühl für den Moment gelindert.«

»Gut.« Er tätschelte ihr den Hintern. »Soll ich dir etwas zu essen machen?«

»Wie wäre es, wenn ich dir beim Kochen helfe? Ich habe keine Lust auf Cornflakes.«

»Abgemacht.«

Er wartete darauf, dass sie sich von ihm herunterrollte, damit er aufstehen konnte, doch das tat sie nicht. »Warum hast du mir nie gesagt, dass du Schriftsteller bist?«

Jetzt wurde Brodey rot. »Wovon redest du?«

Ihr Finger strich leicht über sein Kinn. »Ich habe die beiden Bücher in Cails Büro gefunden, als ich meine Bücher ausgepackt habe. Warum machst du nichts damit?«

Er zuckte mit den Schultern. »Das ist altes Zeug. Ich sollte sie wegwerfen.«

»Wage es nicht!«

Die Art, wie er seinen Kopf schief legte, erinnerte sie fast an ihn, wenn er verwandelt war. »Was?«

»Es ist nur eine Seite von dir, die ich nicht erwartet hätte, das ist alles.«

Doch sein Gesicht verfinsterte sich und sie bereute ihre

Wortwahl sofort. »Ja ich weiß. Einer meiner wenigen brillanten Momente.«

Sie griff nach seinem Kinn und zwang ihn, sie anzusehen. »Hör auf damit. Willst du mich wirklich glücklich machen? Dann verbringe mehr Zeit mit solchen Dingen, mit dem Schreiben zum Beispiel.« Sie küsste ihn. »Ich würde mich freuen, wenn du mir etwas davon vorlesen würdest.«

Er sah sie lange an. »Du verarschst mich nicht?«

»Nein, natürlich nicht. Warum denkst du, dass ich dich verarsche?«

Er rollte sie auf die Seite und stützte sich auf einen Ellbogen. »Ich habe das Zeug vor Jahren geschrieben. Warum spielt es noch eine Rolle?«

»Weil es ein Teil von dir ist, von dem, wer du bist.« Sie liebte es, sanft mit ihren Fingern durch den Flaum auf seiner Brust zu streichen. »Warum hast du aufgehört, zu schreiben?«

Er wollte nicht antworten, das konnte sie spüren. Doch sie würde nicht lockerlassen.

Brodey atmete tief ein und wieder aus. »Wir haben im Laufe der Jahre eine Menge Scheiße durchgemacht, Baby. Viel harte Arbeit. Jetzt haben wir genug Geld und müssen uns keine Sorgen mehr machen, aber es gab lange wichtigere Dinge, als Sachen in ein Notizbuch zu kritzeln und Zeit zu verplempern.«

Das war nicht die ganze Wahrheit, aber sie wusste, dass er sie nicht anlügen konnte.

Genau wie seine Brüder es nicht konnten, da es Teil ihrer Verbindung war. Er hatte ihr so viel von der Wahrheit gesagt, wie er ihr sagen wollte, und sie beschloss, ihn fürs Erste nicht weiter zu drängen.

Sie duschten ausgiebig und verbrauchten das ganze heiße Wasser. Danach half Elain ihm nur in einem seiner T-Shirts bekleidet dabei, Frühstück zu machen, was sie anschließend im Bett aßen.

Nach einer Weile ging Brodey auf Toilette und schloss die Tür hinter sich, sein Handy hatte er auf dem Nachttisch gelassen. Als es klingelte, nahm Elain ab, ohne nachzudenken oder auf den Bildschirm zu schauen.

Die Frau am anderen Ende zögerte. »Ist Brodey da?«

Elain setzte sich sofort wütend auf.

Kimberlie.

Sie antwortete mit netter und höflicher Stimme. »Er ist im Badezimmer, wir sind gerade erst aufgewacht. Willst du einen Moment warten?«

Schweigen am anderen Ende. Dann: »Ähm, nein. Ist schon okay.« Kimberlie legte auf.

Elain lächelte, löschte ihren Namen vom Anrufprotokoll und legte das Handy wieder auf den Nachttisch. Als Brodey ein paar Minuten später zurückkam, kuschelte er sich wieder zu ihr ins Bett. »Wer hat angerufen?«

»Verwählt«, murmelte sie.

Das war irgendwie die Wahrheit.

Irgendwie.

AIN UND CAIL kehrten zum Mittagessen ins Haus zurück, und Elain wollte raus, um nach den Pferden zu sehen, also zog sie sich an und ließ ihre Männer am Küchentisch zurück. Als sie gegangen war und die Männer sicher waren, dass sie außer Hörweite war, sah Ain Brodey mit ernstem Blick an.

»Was ist gestern Abend passiert?«

Cail beobachtete seinen Bruder. Brodey schien nervös und zögerte mit seiner Antwort, bis Cail ihn mit sanftem Ton ermutigte. »Brod, bitte.«

Er sah seine Brüder an. »Du darfst ihr aber nicht verbieten, zu rennen. Sie muss es tun. Es ist ein Teil von ihr. Sie wird es brauchen, und wenn du es ihr verbietest, wird ihr das nicht helfen.«

Ain schüttelte den Kopf. »Das werde ich nicht tun«, sagte er. »Ich schwöre es.«

Brodey sah wieder auf seine Hände. »Ich glaube, sie hat sich gestern verwandelt.«Der Blick, den seine Brüder austauschten, entging ihm nicht. »Was?«

»Sag es ihm«, sagte Ain zu Cail.

»Sag mir was?«

Cail erzählte ihm alles, was sie wussten, was sie vermuteten und was Jocko herausgefunden hatte. Er sagte ihm auch, was er nach der letzten Nacht vermutete.

Brodey nickte langsam. »Das ergibt Sinn.«

»Es ergibt keinen Sinn!«, widersprach Ain.

»Du willst eine andere Antwort? Dann finde sie.« Brodey stand auf und ging in der Küche auf und ab. »Ich habe die Einzelteile gestern Abend nicht wirklich zusammenbringen können. Und ich habe sie nie als Wolf gesehen, okay? Ich habe nur einen Wolf gerochen und gehört. Aber die Tatsache, dass sich ihr Geruch und der des Wolfs überschnitten haben, macht jetzt Sinn.«

Ain zückte sein Handy. »Ich muss mit Jocko sprechen.«

Brodey lehnte sich mit verschränkten Armen an die Küchenzeile und lauschte. Als Jocko am anderen Ende abnahm, bemerkten beide Brüder Ains düsteren Gesichtsausdruck.

»Jocko, hier ist Ain. Ich muss mit dir über etwas reden.«

»Also, Junge, dann sind wir schon zu zweit. Ich muss auch etwas mit dir besprechen.«

Ains Körper spannte sich an. »Was?«

»Es gab noch zwei weitere Morde.«

Als Ain den Hörer auflegte, starrten ihn alle beide ungläubig und schockiert an.

In diesem Moment kam Micah in die Küche. Er ging zum Kühlschrank, hielt dann aber inne und sah seine Cousins an. »Was ist los?«

Cail wollte gerade *nichts* sagen, doch Ain schüttelte den Kopf. »Das musst du dir anhören.«

Micah zog einen Stuhl heran und setzte sich.

Als Ain zu sprechen begann, konnte man ihm seine Unruhe deutlich ansehen. »Irgendjemand da draußen tötet Gefährten von Gestaltwandlern. Liam Pardies andere Schwägerin wurde ermordet.« Er schloss die Augen. »Und die Gefährtin von einem unserer Cousins.«

»Aber warum?«, fragte Micah.

Diesmal übernahm Ain das Erzählen. Er informierte Micah über Elain und die Vermutung, die sie hatten. Dann sagte er: »Ich empfehle euch dringend, erst mal hierzubleiben. Jemand kann euch begleiten, um mehr Klamotten und Sachen zu besorgen, aber ich glaube nicht, dass Jim die Ranch allein verlassen sollte.«

Micah nickte. »Scheiße, auf jeden Fall« Er atmete geräuschvoll aus. »Die Abernathys, ja? Verdammt, diese Freaks wollen einfach nicht verschwinden, oder?«

Ain ließ sein Handy vor sich auf dem Tisch kreisen. »*Wenn* Elain eine Abernathy ist und *wenn* sie eine Gestaltwandlerin ist, müssen wir ernsthaft darüber nachdenken, wieder nach Maine zurückzuziehen. Und zwar mit dir, Micah. Du bist Teil unseres Rudels und stehst uns zu nahe, als dass sie nicht versuchen könnten, über Jim Informationen aus dir herauszubekommen.«

Micah nickte. »Ja.« Er rieb sich mit den Händen das Gesicht. »Oh Gott, das ist scheiße. Was ist mit den anderen, die hier leben?«

»Du bist der engste Verwandte, den wir in der Gegend haben. Wenn die Abernathys hinter uns her sind, dann deshalb, weil sie Elain wollen. Wenn wir die Stadt verlassen,

werden sie die Gestaltwandler aus der Region wahrscheinlich in Ruhe lassen.«

»Warum haben sie die Schwiegereltern von Liam Pardie
getötet?«, warf Cail ein. »Das ergibt keinen Sinn.«

»Ich weiß es auch nicht«, gab Ain zu.

Brodey meldete sich zu Wort. »Wir können es ihr im
Moment noch nicht sagen«, sagte er leise.

Seine Brüder sahen ihn geschockt an. »Was soll das
heißen, wir können es ihr noch nicht sagen?«, fragte Ain
scharf.

»Das können wir einfach nicht. Wegen der Hochzeit und
allem. Ihre Mutter kommt her. Sie weiß offensichtlich nicht,
dass sie sich verwandeln kann. Bei diesem Tempo wird sie
hoffentlich noch ein paar Wochen sicher sein. Sobald wir
nach der Hochzeit in Maine sind, können wir mit ihr reden
und ihr Unterricht geben. Wir werden den Clan zur Sicherheit um uns herum haben. In das Gelände da oben kann
niemand eindringen, und es gibt so viele von uns, dass es viel
sicherer ist. Und wir werden Lacey und die anderen haben,
die uns beraten können. Vielleicht können Lina und Zack
auch helfen.«

Ain sah Cail an und wollte offenbar seine Meinung
wissen. Cail zuckte mit den Schultern. »Er hat recht.«

»Also gut, Scheiße. Okay.« Ain kniff sich in den Nasenrücken und wünschte sich, all das könnte nur ein böser Traum
sein. Er wollte nicht, dass seine Gefährtin – die Frau, nach
der sie Hunderte von Jahren gesucht hatten – in Gefahr war.
»Also gut. Nach der Hochzeit gehen wir nach Maine und
reden mit ihr.«

KAPITEL ELF

*E*lain ritt am nächsten Morgen mit Cail und Brodey
hinaus auf die Weide im Nordosten der Ranch.
Brodey war verwandelt, sie und Cail ritten auf den Pferden.
Sie saß inzwischen sicher im Sattel und hatte die Männer
schließlich davon überzeugen können, sie ohne den sper-
rigen Helm reiten zu lassen, den Brodey für sie gekauft hatte.
Doch sie ließen sie immer noch nicht mit dem Vieh arbeiten.
Stattdessen musste sie Abstand zu den Tieren halten und
durfte nur zuschauen. Doch sie hatten ihr versprochen, dass
sie noch früh genug mithelfen würde.

Sie saß etwas abseits und sah den Männern bei der Arbeit
zu, als Brodeys Handy in ihrer Tasche vibrierte. Sie zog es
heraus und sah auf den Bildschirm.

Kimmie.

Die fiese Eifersucht machte sich wieder in ihrem Magen
bemerkbar. *Kann die Schlampe ihn nicht endlich in Ruhe lassen
und einsehen, dass er kein Interesse hat?*

Cail schien gemerkt zu haben, dass etwas los war, denn er
schickte Brodey hinter einer Gruppe Nachzügler her und
kam zu ihr herüber geritten. »Was ist los?«

Sie steckte das Handy wieder in ihre Tasche. »Nichts.«

Er beugte sich auf dem Sattelhorn vor und zog eine Augenbraue hoch. »*Elain.*« Es war seine tiefe, autoritäre Alpha-Stimme, die er nicht oft bei ihr benutzte.

Sie seufzte und reichte ihm Brodeys Handy.

Als Cail auf dem Bildschirm den verpassten Anruf sah, schloss er die Augen. Noch bevor er den Gedanken verdrängen konnte, hörte sie ihn.

»Er ... dachte, sie wäre seine Eine?«

Cail warf Brodey einen Blick über die Schulter zu, um sich zu vergewissern, dass er außer Hörweite war. »Das alles ist Vergangenheit. Sie ist kein Thema mehr. Er liebt dich, das tun wir alle. Und das weißt du. Du weißt, dass du das Zentrum seines Universums bist, nicht sie. Sie ist seine Vergangenheit.«

Plötzlich fühlte Elain noch etwas anderes neben der Eifersucht in sich aufsteigen. Sie fühlte sich schuldig. Das Handy vibrierte erneut, was darauf hinwies, dass sie eine Voicemail hinterlassen hatte. Cail wollte ihr das Handy offensichtlich nicht geben, legte es dann aber doch auf ihre ausgestreckte Handfläche. Elain spielte die Nachricht ab.

»Hey, Brod, hier ist Kimmie. Hör zu, Süßer, ruf mich bitte zurück, okay? Ich möchte wirklich mit dir reden. Vielleicht gibt es eine Möglichkeit, wie wir die Dinge klären können oder so.« Dann ein ersticktes Geräusch, das Elain als ihr Weinen erkannte. »Ich liebe dich. Ich habe nie aufgehört, dich zu lieben. Ich weiß, dass es dir genauso geht, nach allem, was wir durchgemacht haben. Bitte?«

Elain löschte die Nachricht, dann schloss sie die Augen.

Cail musterte sie. »Schatz ... «

»Nein. Bitte nicht.« Elain wusste, dass Cail die Nachricht gehört hatte. Manchmal hatte das hochsensible Gehör von Gestaltwandlern seine Nachteile. Sie steckte das Handy wieder in ihre Tasche und drehte Mina zum Haus. »Ich brauche nur etwas Zeit für mich, okay?«

Cail folgte ihr nicht.

Sie nahm sich ein paar Minuten, um die Stute zu striegeln, brachte sie dann auf die Koppel und ging zum Haus. Sie zweifelte nicht an Brodeys Liebe zu ihr. Aber sie war auch nur ein Mensch. Schuldgefühle nagten an ihr, schließlich hatte Brodey diese Frau geliebt und sie ihn auch. Doch wegen dieser Gestaltwandler-Scheiße war es für sie nicht möglich gewesen, zusammen zu sein. Das war nicht fair.

Nicht, dass Elain jemals einen ihrer Männer aufgegeben hätte, aber Mitgefühl hatte sie trotzdem.

Elain machte einen kurzen Anruf, um sicherzugehen, dass die Frau da sein würde, duschte dann, hinterließ den Männern eine Nachricht, dass sie später zurückkommen würde, und ging dann hinaus zu ihrem Auto. Eine Stunde später war sie in Venice.

Die Empfangsdame im Restaurant setzte sie an einen Tisch in Kimberlies Bereich, und als sie Elain sah, zögerte sie, bevor sie hinüberkam.

»Hallo.«

»Bitte, Kimberlie. Setz dich. Ich würde gerne mit dir reden.«

Sie setzte sich.

Elain beugte sich vor und sprach mit leiser Stimme, während sie gegen einen harten Ton ankämpfte, der sich einschleichen wollte. »Ich weiß, was du bist, ich kenne die Wahrheit über dich und deine Familie. Dass ihr Gestaltwandler seid. Ich weiß auch, was Brodey und Cail und Ain sind. Es gibt etwas, was er dir nicht gesagt hat, als wir hier essen waren, weil er so überrascht war, dich zu sehen.«

Kimberlie musterte Elain misstrauisch, antwortete aber nicht.

Also sprach Elain weiter. »Haben sie dir damals gesagt,

dass sie ihre Eine finden müssen?«

»Ich weiß nur, dass Ain irgendwelche Bullshit-Regeln hatte.«

»Es war nicht Ains schuld.« Kimberlie runzelte die Stirn, sodass Elain vermutete, auf die Wahrheit gestoßen zu sein. Sie erklärte ihr kurz die Situation, und Kimberlie blickte währenddessen mit hängenden Schultern auf den Tisch.

Elain verspürte den Drang, die Hand der Frau zu berühren, also tat sie es. Sie wusste zwar nicht, weshalb, aber es fühlte sich instinktiv richtig an. Kimberlies emotionaler Schmerz schien durch Elains Finger zu fließen. »Es tut mir leid. So sind die Dinge bei ihnen nun mal.«

Kimberlie holte tief Luft. »Er hat mir damals gesagt, dass seine Brüder ihm befohlen hätten, mich loszuwerden, weil sie sich nur innerhalb ihres Clans paaren dürften.«

Elain hatte nicht mit der fast überwältigenden Welle des Mitgefühls gerechnet, die sie jetzt empfand. »Er hat dich geliebt. Er hat versucht, deine Gefühle nicht mehr als nötig zu verletzen. Sie mussten ihre Eine finden, die für alle drei die Richtige war. Es tut mir leid.«

Kimberlie nickte und wischte sich über die Augen. »Meine Brüder wollten sowieso nicht, dass ich mit Wölfen rumhänge.« Sie schniefte. »Sie haben schon immer gesagt, dass es nicht klappen kann. Der alte Streit zwischen Hunden und Katzen und so. Aber ich wollte ihnen das Gegenteil beweisen.« Sie hob den Blick und sah Elain an. »Brodey ist ein toller Typ.«

»Ich weiß.«

Die Kellnerin holte tief Luft. »Ist er glücklich?«

Elain nickte. »Das ist er. Alle drei sind glücklich, und ich auch.« Elain konnte das Herz der anderen Frau brechen spüren, als wäre der Schmerz in ihrer eigenen Brust. Kimberlie hatte wirklich gehofft, noch eine Chance bei Brodey zu haben. »Ich weiß, dass ich ihn von ganzem Herzen liebe. Ich würde lieber sterben, als zuzulassen, dass ihm etwas Schlimmes passiert.«

Dann stand Kimberlie auf und wischte sich mit dem Handrücken über die Augen. »Kann ich dir etwas zu trinken bringen?«

Offenbar war das Gespräch beendet. »Eistee, bitte.« Nachdem Kimberlie gegangen war, legte Elain zwei Zwanziger auf den Tisch und verließ das Restaurant.

Nicht, dass es dem gebrochenen Herzen des Mädchens helfen würde, aber es half trotzdem ein bisschen gegen Elains Schuldgefühle.

Wenn auch nur ein sehr kleines bisschen.

* * *

Als sie zurückkam, wartete Brodey schon auf der vorderen Veranda auf sie. Sie spürte, dass die anderen beiden Männer nicht im Haus waren.

Elain setzte sich neben ihn auf eine Stufe. »Warum hast du mir nicht einfach gesagt, wer sie ist?«, fragte sie leise.

Er zuckte mit den Schultern und schlang seinen Arm um ihre Schultern. »Es hat mich so überrascht, sie an diesem Tag zu sehen. Ich wollte kein Arschloch sein und sagen: ›Hey, Kimmie, was geht? Tut mir leid, dass ich dir das Herz gebrochen habe. Das hier ist übrigens meine Frau.‹«

Er küsste sie auf den Kopf. »Es tut mir leid, Baby. Ich wollte deine Gefühle nicht verletzen. Ich wusste nicht, was ich sagen oder tun sollte. Aber dann hat Ain gesagt, dass du dich wahrscheinlich schrecklich fühlst, wenn du herausfindest, wer sie wirklich war. Und das wollte ich dir nicht zumuten.«

Sie kuschelte sich näher an ihn. »Bist du wirklich glücklich mit mir?«

Er zog sie auf seinen Schoß und brachte sie dazu, zu ihm

aufzusehen. »Baby, ich würde für dich sterben. Wenn ich dich verlieren würde, würde ich sterben. Du bist die Einzige in meinem Herzen. Ich kann mich erinnern, dass ich in sie verliebt war, aber seit ich dich kenne, erinnere ich mich nicht mehr daran, wie es sich angefühlt hat, in sie verliebt zu sein. Du nimmst mein ganzes Herz in Anspruch. Du bist die Einzige darin.«

»Wie viele andere Frauen waren vor mir schon da drin?«

Er zuckte mit den Schultern. »Das mit ihr war das Ernsteste.«

»Und was ist mit Ain und Cail?«

Er schüttelte den Kopf. »Das musst du sie selbst fragen. Es sind ihre Geschichten, und sie müssen sie erzählen. Manchmal lässt man die Vergangenheit am besten in Ruhe, Schatz. Das hier ist der Beweis dafür.« Dann küsste er sie lang und zärtlich, seine Zunge glitt sanft zwischen ihre Lippen. »Die Einzige, die wir lieben, bist du. Alles ist gut, wenn wir die Vergangenheit ruhen lassen.«

»Ist das der wahre Grund, weshalb du aufgehört hast zu schreiben?«

»Müssen wir jetzt darüber reden?«

Sie lag einige Minuten ruhig in seinen Armen. »Es tut mir leid.«

Er küsste ihre Nase. »Was tut dir leid?«

»Dass ich so in die Luft gegangen bin. Ich wünschte, du hättest es mir erzählt und damals etwas gesagt, anstatt es für dich zu behalten.«

»Es ist vorbei. Die Geschichte spielt keine Rolle mehr in meinem Leben, seit ich dich getroffen habe. Mir ist nur wichtig, dass du weißt, wie sehr ich dich liebe.«

Sie schlang ihre Arme um seinen Hals und vergrub ihre Finger in seinem Haar. »Das tue ich.« Dann kuschelte sie sich mit dem Gesicht an seine Schulter. »Ich wünschte, ich könnte euch alle drei legal heiraten.«

»Das spielt keine Rolle.«

»Das sagst du oft.«

»Weil es stimmt. Die Ehe ist etwas für den Staat, um den Papierkram zu erleichtern, oder eine religiöse Sache, um das Gewissen zu beruhigen, weil man Sex miteinander hat. Menschen haben seit Anbeginn der Zeit ›geheiratet‹, ohne dass sie dafür ein Stück Papier hatten, um es zu bestätigen. Du bist meine Frau, genau wie du die Frau von Ain und Cail bist. Wir werden diesem Sommer einen Ausflug nach Maine machen, wo unser Clan lebt. Das wird wie eine Art Familientreffen. Wir könnten dort eine Zeremonie für uns alle machen, um die Ehe offiziell zu beschließen. Wäre das okay?«

Sie kuschelte sich näher. »Ja.«

Nach ein paar Minuten trug er sie ins Haus und setzte sich mit ihr auf das Sofa. »Ist alles zwischen uns okay, Baby?«

»Ja, alles okay.«

»Du verbringst viel Zeit damit, vor uns davonzulaufen, ist dir das klar?«

Elain lächelte. »Aber jedes Mal bleibe ich etwas näher an unserem Zuhause.«

Er lachte und vergrub sein Gesicht in ihrem Haar. »Oh Gott, Baby, du hast keine Ahnung, was du mit uns machst, oder?« Seine Hand strich über ihren Bauch, unter ihr Oberteil und umfasste ihre Brust. »Ich würde dir überallhin folgen.«

In diesem Moment kamen Cail und Ain durch die Vordertür. Es war Zeit für das Abendessen, und Elains Magen knurrte, woraufhin ihr klar wurde, dass sie seit dem Frühstück nichts gegessen hatte. Ain knöpfte sein Hemd auf, um unter die Dusche zu gehen.

»Ist jetzt alles wieder gut, Kinder? Haben wir uns geküsst und uns wieder versöhnt?«, neckte er sie.

Brodey hielt sie ein wenig fester in seinen Armen. »Meine.« Er presste seine Lippen an ihren Hals.

Daraufhin hielt Ain mitten im Schritt inne und zog eine Augenbraue hoch. »*Wie* bitte?«

Elain nahm Brodeys Kinn und zwang ihn, sie anzusehen. »Du musst teilen.«

Er fing an zu knurren, doch sie legte ihre Hand zwischen seine Beine auf die Jeans und drückte fest zu.

Brodeys Knurren verwandelte sich sofort in ein Jaulen. »Autsch!«

Sie lockerte ihren Griff etwas, spürte aber seinen hart werdenden Schwanz in ihrer Handfläche pulsieren.

Ain und Cail lachten. »Weißt du, Brod«, sagte Ain, »ich glaube nicht, dass ich mich einmischen muss. Sieht so aus, als hätte unsere Gefährtin die Sache im Griff.«

Cail kicherte und ging in die Küche, um etwas zu trinken zu holen.

Brodey funkelte die beiden an, doch sobald sein Blick auf Elain landete, wurde er weicher. »Ich liebe dich, Baby«, flüsterte er.

»Ich weiß. Jetzt benimm dich. Wir können später spielen, jetzt muss ich erst mal was essen.« Er zog sie noch einmal an sich und küsste sie innig. »Eine Nacht mit allen drei Hunden, oder was?«, scherzte er.

Sie grinste. »Wenn ihr nett seid und mich nicht wütend macht, bevor wir ins Bett gehen, könnte es die Nacht der drei Hunde werden, ja.«

* * *

MICAH UND JIM schlossen sich ihnen zum Abendessen an, bevor sie wieder in ihr Zimmer zurückkehrten. Nach dem Abendessen fielen Elain und ihre Männer zusammen ins Bett. Ain legte sich auf seinen Rücken und zog sie auf sich.

»Bist du zum Spielen aufgelegt, Baby?« Er glitt mit den Fingern zwischen ihre Beine und begann, ihre Klitoris zu streicheln und zu reiben.

Natürlich war sie nass. Das kleine Vorspiel vor dem Essen mit Brodey, hatte ihren romantischen Motor auf Hochtouren gebracht. Er hob sie auf seinen Schwanz und stieß ein zufriedenes Grunzen aus, während sie ihre Hüften gegen seine drückte.

Cail kniete sich hinter sie. Doch als sie spürte, wie er Gleitmittel zwischen ihre Arschbacken träufelte, erstarrte sie.

»Nein«, versicherte er ihr und erwartete offenbar, dass sie sich weigern würde. »Ich verspreche dir, dass es dir gefallen wird. Warte einfach.«

Sie konnte sich nicht entspannen. Sosehr sie das mit dem Analsex auch versuchen wollte, sie hatte sich noch nicht ganz an den Gedanken gewöhnt.

Doch Cail hielt sein Wort und drückte seinen steifen Schaft nur von außen gegen sie und stieß zu, ohne auch nur zu versuchen, in ihren fast jungfräulichen Hintern einzudringen. »Siehst du?«

Elaine entspannte sich. Das Gefühl war weder besonders gut noch schlecht, aber wenn es ihm Spaß machte, hatte sie nichts dagegen. Er drückte sie auf Ain und streichelte ihren Rücken mit seinen Fingern, während er langsam zwischen ihre Pobacken stieß.

Okay, es war definitiv nicht schlecht. Der Winkel, indem sie auf Ain saß, ermöglichte es ihr, ihre Klitoris an ihm zu reiben.

Dann beugte Brodey sich zu ihr und küsste sie. »Willst du noch etwas machen?« Sie nickte und leckte sich über die Lippen. Sofort änderte er seine Position, sodass sie seinen Schwanz mit ihrem Mund erreichen konnte.

Ain spielte mit ihren Brustwarzen und drückte sie

zwischen den Fingerspitzen, sodass sie sofort hart wurden. »Du bist ein viel beschäftigtes Mädchen, oder?«

Sie stöhnte und verlor sich in den Empfindungen. Ein Teil von ihr fragte sich, ob es sie zu einer Schlampe machte, es so sehr mit drei Männern gleichzeitig zu genießen.

Doch überraschenderweise war es ihr egal. Nichts fühlte sich richtiger an als das Leben mit ihren Jungs. Genau genommen hatte sie das Gefühl, zum ersten Mal in ihrem Leben genau dort zu sein, wo sie sein sollte.

Okay, Gehirn, halt die Klappe. Sie verschlang Brodeys Schwanz gierig, während die Männer ihren Körper streichelten und liebkosten. Alles verschmolz zu einem großen Gefühl des Vergnügens, ihr Körper reagierte instinktiv auf alles, was sie taten. Sie streichelte Brodeys Sack und drückte dann sanft zu. Das war mehr als genug, um seinen Höhepunkt auszulösen, und er stieß seinen Schwanz tief in ihren Mund, während er aufschrie.

Elain ließ nicht los, bis sie jeden Tropfen aus ihm herausgemolken hatte und zufrieden war.

Er sank aufs Bett und legte seinen Arm um ihren Rücken. »Komm für uns, Baby«, drängte er.

Mit geschlossenen Augen konzentrierte sie sich auf die köstliche Reibung von Ains Körper an ihrer Klitoris. Sie war so kurz davor zu kommen …

Cail beugte sich vor und küsste sie auf die Schulter, über ihr Mal. Dann biss er plötzlich ohne Vorwarnung fest zu.

Elain schrie, aber mehr vor Lust als vor Schmerz, und ihr Orgasmus rollte heran und brach durch ihren ganzen Körper.

»Das wollte ich hören«, knurrte Ain, bevor er seine Hüften gegen sie rammte und ebenfalls mit einem tiefen Stöhnen kam.

Cail wartete einen Moment, hob sie dann von Ain auf die

Knie und schob seinen Schwanz in ihr bereites Geschlecht. »Ich bin dran, Baby.«

Ain streichelte ihre Arme und Schultern, während sie nach Luft schnappte. Die Muskeln zitterten, und sie konnte nichts anderes tun, als dort zu knien und Cail seinen Spaß haben zu lassen. Der Geruch von Moschusaromen, Sex und Schweiß erfüllte die Luft, und Cails abgehacktes Atmen und das Klatschen von Haut auf Haut waren die einzigen Geräusche.

»Willst du es, Baby?«, fragte Cail sie neckend.

Ihr Kopf war immer noch auf Ains Brust gelegt, und sie nickte nur.

Brodey fuhr ihr sanft durchs Haar und hob ihren Kopf. Seine grünen Augen bohrten sich in ihre. »Sag es uns. Wir wollen es hören.«

Sie flüsterte: »Ich will es. Ich will, dass du mich fickst, Cail.«

»Ich werde es dir gut geben, Schatz.« Elain wusste, dass er kurz davor war, und tatsächlich knurrte er einen Moment später vor Vergnügen und kam.

Anstatt danach kurz zu Atem zu kommen, hob er sie von Ain hoch und rollte sie beide auf ihre Seite des Bettes.

Dann küsste Brodey sie und strich ihr das Haar aus der feuchten Stirn. »Geht es dir gut?«

Sie nickte lächelnd und wünschte sich nichts mehr, als zu schlafen. Einerseits wollte sie zwar duschen, aber andererseits schien die Vorstellung, die Gerüche ihrer Gefährten abzuspülen, wie eine schreckliche Idee.

Ain nahm ihre Hand und küsste ihre Finger. »Schlaf jetzt, Schatz. Du siehst erschöpft aus.«

Wenige Augenblicke später fiel sie in einen tiefen und traumlosen Schlaf.

KAPITEL ZWÖLF

Zwei Wochen nach der Zeremonie von Micah und Jim war Elain den ganzen Tag unruhig. Wegen Dauerregen am späten Nachmittag hatte sie auf ihren täglichen Ausritt verzichtet, doch das war nicht der Grund. Es war auch nicht ihr Verlangen nach einer inszenierten Jagd.

Sie wusste nicht, was es war, nur dass es ein schleichendes Gefühl war, das ihr nicht gefiel. Sie hatte in letzter Zeit immer häufiger an die beiden fremden Männer gedacht. Mr. Creepy, wie sie ihn in Gedanken nannte, war zum Glück nicht wieder aufgetaucht.

Doch dem Fremden aus dem Steakhouse wäre sie gerne noch einmal über den Weg gelaufen.

Jedes Mal, wenn sie sich an sein Gesicht und seine Stimme erinnerte, spürte sie ein tief sitzendes, melancholischen Ziehen in der Brust.

Außerdem hatte sie in letzter Zeit mehrere verwirrende Träume gehabt. Manche hatten von Mr. Creepy und dem Steakhouse-Mann gehandelt und mancher von ihrer rosigen Zukunft mit ihren Männern … und ihren Welpen.

Kurz nach dem Abendessen gingen Micah und Jim ins

Bett. Elain wusste, dass sie sie nicht vor dem Morgen sehen würden - es sei denn, ihnen ging die Schlagsahne oder die Schokoladensoße oder das Gleitmittel oder so aus. Brodey und Cail waren zum Stall aufgebrochen, um nach einer Kuh in den Wehen zu sehen, und Ain war gerade unter der Dusche.

Sie lächelte versonnen vor sich hin, während sie einen Braten für das morgige Abendessen herausholte, um ihn aufzutauen. Okay, die Jungs hatten recht mit dem, was zwischen Micah und Jim passiert war. Trotzdem war die Paarung und Markierung verstörend gewesen, aber die Tatsache, dass Jim glücklich war, half Elain darüber hinweg.

Und es war hinreißend zu beobachten, wie die beiden Männer miteinander interagierten, wenn sie ihre Hosen trugen und ihre Hände voneinander lassen konnten.

Wie zwei Hundebabys, fand sie.

Sie wusch sich gerade die Hände an der Küchenspüle, als sie in der Dämmerung Scheinwerfer entdeckten, die ihre lange Privatauffahrt heraufkamen.

Wer zur Hölle ist das?

Sie hatte den roten Toyota Sedan noch nie gesehen. Als der Fahrer ausstieg, hätte Elain am liebsten vor Freude gelacht und gleichzeitig vor Ärger geschrien. »Mom!« Sie rannte aus der Vordertür und die Stufen hinunter, um sie mit ganzer Kraft zu umarmen. »Was machst du hier? Ich habe erst in ein paar Wochen mit dir gerechnet!«

»Ich weiß. Ich wollte dich überraschen.« Sie beugte sich vor. »Und mir den Kerl genauer anschauen. Außerdem wollte ich sichergehen, dass du genug Unterstützung hast, falls du deine Meinung doch ändern und gehen solltest.«

Elain verdrehte die Augen. »Mom, ich verspreche dir, dass ich glücklich bin.« Elain half ihr, ihren Koffer aus dem Kofferraum zu holen. Ihre Mutter ging vor ihr durch die

Haustür, als Ain gerade in Shorts und mit feuchtem Haar aus dem Schlafzimmer kam.

Er erstarrte.

»Ah, Hallo, Ain«, sagte Carla. »Schön, dich wiederzusehen. Warst du beim Friseur?«

Ains Blick huschte zu Elain, dann zurück zu Carla. »Ähm, Hallo, ja.«

Carla stellte ihre Tasche ab. »Keine Angst, ich beiße nicht, mein Sohn. Du kannst mich Mom nennen, wenn du willst. Solange du meine Tochter nicht wieder sauer machst.«

Hinter Carla machte Elain ein Gesicht, das ihm sagen sollte, dass er mitspielen musste und dass es ihr leidtat. »Ähm, okay, Mom. Danke. Wow, was für eine Überraschung, dich wiederzusehen. Den Koffer nehme ich.« Er kam auf sie zu, um Elain das Gepäck abzunehmen.

Carla musterte Ain aufmerksam, Elain stand angespannt hinter ihr. »Irgendetwas ist anders an dir, mein Sohn.«

»*Kannst du mir bitte hier raushelfen, Baby?*«, fragte Ain Elain in Gedanken.

»*Spiel einfach mit.*«

»Ich bin noch immer der Alte«, sagte Ain.

Ausgerechnet in diesem Moment kam Brodey herein. Elain schaffte es gerade rechtzeitig, ihn in Gedanken zu warnen. »*Tu so, als hättest du sie noch nie gesehen!*«

Brodey blieb zögernd in der Tür stehen. »Oh, Hallo?«

Elain deutete auf ihn. »Mom, das ist Ains Bruder Brodey. Brodey, das ist meine Mutter, Carla.«

»Freut mich, dich kennenzulernen«, antwortete Brodey freundlich, ohne ihr nahe zu kommen.

Carla runzelte die Stirn. »Wie viele von euch gibt es denn?«

»Mom, ich habe dir doch gesagt, dass er zwei Brüder hat.«

»Du hast aber nicht erwähnt, dass er ein Zwilling ist.«

»Ähm, soll ich dir dein Schlafzimmer zeigen?« Elain presste die Zähne zusammen, als sie vom Ende des Flurs ein leises Stöhnen aus Jims und Micahs Zimmer hörte. Sie konnte ihre Mutter nicht in ihrer Nähe unterbringen, weil sie sie die ganze Nacht wach halten würden. Ihre Mutter war zwar aufgeschlossen, aber zwei Männer, die es die ganze Nacht nebenan laut trieben, könnte sie an ihre Grenzen bringen.

»Hier entlang, Mom.«

Brodey hastete in ihr Schlafzimmer und schloss die Tür hinter sich.

Scheiße, dachte Elain.

Ain folgte Elain in das erste Gästezimmer, das ihrem Schlafzimmer am nächsten lag. »*Wir müssen reden, Baby*«, sagte er in Gedanken.

»*Ich weiß! Gib mir nur eine Minute zum Nachdenken!*« Laut sagte sie: »Mom, ich bin gleich wieder da.«

»Nein, ich muss jetzt mit dir reden. Ain, würdest du uns bitte einen Moment entschuldigen?«

Er sah erst Elain und dann ihre Mutter an. »Klar.« Dann ging er hinaus.

Carla schloss die Schlafzimmertür. »Was zum Teufel ist los mit dir, Fräulein?«, zischte sie. »Ich kann es nicht fassen! Du hast mit deinem Schwager rumgemacht?«

Elain stöhnte. Sie hätte wissen müssen, dass ihre Mom es bemerken würde. »Jetzt hör erst mal zu, Mom …«

»Nein, du hörst jetzt zu. Der Mann, der dich in Spokane abgeholt hat, hatte grüne Augen, nicht graue wie Ain. Komisch, denn der andere hat grüne Augen, wie heißt er noch gleich? Brodey? Und Ain hat kürzeres Haar als Brodey. Kein Wunder, dass du weggelaufen bist!«

Panik stieg in ihr auf. »Mom bitte. Warte eine Minute.«

Carla sprach mit noch leiserer Stimme weiter. »So habe ich dich nicht erzogen! Weiß Ain, was ihr beide gemacht habt? Wie kann ein Bruder das seinem eigenen Bruder antun?«

Plötzlich klopfte es an der Tür und unterbrach sie.

»Herein!«, rief Elain dankbar.

Ain stand in der Tür. »Entschuldigt bitte, aber ich glaube, wir müssen uns unterhalten.«

Carla funkelte Elain an. »Da hast du wohl recht.« Sie schob sich an ihrer Tochter vorbei und folgte Ain ins Wohnzimmer. Elain ging ihnen hinterher und setzte sich auf das Sofa, während Brodey und Ain hinter ihr Stellung bezogen, Ain direkt hinter Elain. Ihre Mutter ging vor den Sesseln am anderen Ende des Kaffeetisches auf und ab.

»Normalerweise würde ich mich nicht in die Angelegenheiten meiner Tochter einmischen. Sie kann euch bestätigen, dass ich mich bisher immer aus ihrem Liebesleben herausgehalten habe.« Sie richtete sich auf und sah Ain direkt an. »Es tut mir leid, dir das sagen zu müssen, aber ich glaube, dein Bruder und Elain haben miteinander geschlafen.«

Er nickte. »Ich weiß. Wir müssen ein Geständnis ablegen.«

Carla sah fassungslos aus. »Du *weißt* es?«

Er legte seine Hände auf Elains Schultern und massierte sie sanft, um sie zu beruhigen. »Wir haben eine … einzigartige Situation. Meine Brüder und ich lieben sie. Wir haben uns alle drei in sie verliebt, und sie liebt uns.«

Elain schloss die Augen und umklammerte seine Hände. Sie liebte ihn dafür und betete, dass ihre Mutter nach dieser Offenbarung überhaupt noch mit ihr sprechen würde.

Er fuhr fort. »Ich weiß, dass es nicht normal ist. Und mir ist klar, dass so etwas von den meisten Menschen verpönt wird. Aber ich verspreche dir, meine Brüder und ich werden sie für den Rest unseres Lebens glücklich machen. Sie wird nicht einen, sondern drei Männer haben, die sich um sie kümmern und sie lieben.«

Carlas starrte ihn mit offenem Mund an. »*Drei*? Ihr alle *drei*? Was zum Teufel habt ihr meiner armen Tochter angetan, um sie dazu zu bringen? Wie habt ihr sie so manipuliert? Wie um alles in der Welt soll sie mit euch allen drei in ihrem Leben fertig werden?«

In diesem Moment kam Cail herein und unterbrach Carlas Tirade. Er erstarrte und blickte von Ain zu Brodey und dann zu Elain. »Äh, Hallo?«

Carla sah entsetzt aus. Sie taumelte, fing sich aber wieder. »Oh, *nein!*«

»Mom, bitte, lass es mich erklären …«

»Drillinge. Sie haben mir von Drillingen erzählt. Ihr … ihr seid die, von denen Liam gesprochen hat. Ach, du lieber Gott!« Sie drehte sich zu Elain. »Haben sie dich markiert? Oh Gott, *bitte* sag mir, dass sie dich markiert haben!«

Elain konnte nicht sprechen. Und auch die Männer sahen fassungslos aus und drehten sich alle zu Carla um. »*Was?*«, fragten sie alle gleichzeitig.

Tränen liefen jetzt über Carlas Gesicht. »Ich hätte nie geglaubt, nie gedacht …« Für einen Moment weinte sie nur. »Sie hatte recht. Oh mein Gott, sie hatte recht.«

Ain fand zuerst seine Stimme. »Wer hatte recht?«

Carlas Tränen flossen ungehindert weiter. »Maureen. Elains leibliche Mutter. Sie hat es mir gesagt, es mir gezeigt, aber ich habe es nicht geglaubt.« Sie hob ihr tränenüberströmtes Gesicht und sah Ain direkt an. »Elains Mutter und Vater waren Gestaltwandler. Alpha-Gestaltwandler.«

Carla schüttelte den Kopf, während sie die drei Männer anstarrte und dann zurück zu ihrer Tochter schaute. »Ich habe damals gedacht, sie hätte den Verstand verloren. Ich habe ihr nicht geglaubt. Ich war mir sicher, dass sie mich hypnotisiert oder mir Drogen verabreicht hatten oder so, als sie mir gezeigt haben, was sie tun konnten. Dann musste er gehen und als sie schließlich krank wurde, bat sie mich, auf

Elain aufzupassen und mich um sie zu kümmern. Sie hat mir gesagt, worauf ich achten sollte, wenn sie mit dem Verwandeln anfängt. Aber Elain hat so etwas nie gemacht!«

Ain ließ Elains Schultern los und ging ein paar Schritte auf Carla zu, während er sich bemühte, seine Stimme leise und ruhig zu halten. »Wovon redest du?«

Carla nahm ihre Handtasche vom Couchtisch. Mit zitternden Fingern wühlte sie darin herum und zog einen zerbeulten, vergilbten Umschlag heraus. Auf der Vorderseite stand in einer Elain unbekannten Handschrift Elains Name.

Mit zitternder Hand hielt sie ihn ihrer Tochter hin. »Maureen hat das hier für dich dagelassen. Ich sollte es dir nach deiner Hochzeit geben.«

Carlas Gesicht war tränenüberströmt. »Es gibt eine Art Blutschwur. Wenn Liam eine Tochter hat, muss er sie hergeben, um diesen verdammten Schwur zu erfüllen. Er ist abgehauen, um sie von Maureen und dem Baby abzulenken. Sein Clan wusste nicht, dass er sich mit Maureen gepaart hatte.« Sie sah Ain an. »Maureen hat mir Elain gegeben, um sie von der Abernathy-Familie fernzuhalten.«

MEHR WOLLEN?

Ärger-im-Dreierpack-Reihe
Feuerprobe Buch 4

Prolog

DAMALS …

Maureen berührte mit zitternder Hand ihren runden Bauch. In der anderen Hand hielt sie den Telefonhörer fest umklammert.

»Bist du noch da?«, fragte Liam.

Sie nickte, bevor ihr klar wurde, was sie getan hatte. Mit einem kaum hörbaren Flüstern antwortete sie: »Ja.«

»Mein Schatz, es tut mir so leid.« Liams Stimme klang erstickt, den Tränen nahe.

Sie betete, dass er nicht weinen würde. Denn wenn er es täte, würde sie ebenfalls in Tränen ausbrechen.

Und sie wusste nicht, ob sie dann je wieder aufhören würde.

»Wann kann ich zu dir?«, fragte sie, obwohl sie die Antwort bereits kannte.

»Im Moment geht's nicht, Liebes. Sie werden dich finden. Das können wir nicht zulassen. Nicht die. Ich gebe einen Scheiß auf alte Blutschwüre. Diese dreckigen Bastarde bekommen unsere Tochter nicht in die Finger. Außerdem hast du den Eid nie geschworen, also existiert er im Grunde nicht.«

»Kann ich dich sehen, bevor du gehst?«

Eine weitere lange Pause, die ihr fast das Herz brach. »Das können wir nicht machen. Wir können nicht riskieren, dass diese Bastarde dich finden. Ich hätte meinen Brüdern nie von dir erzählen sollen. Herrgott, ich bin so verdammt dumm! Das ist alles meine Schuld. Und jetzt auch noch Ellie und Charles …« Sie hörte am anderen Ende ein Geräusch, das wie ein ersticktes Schluchzen klang. »Das ist alles meine Schuld«, sagte er noch einmal.

»Nein! Sag das nicht. Bitte sag das nicht.« Sie schloss die Augen und stellte sich sein Gesicht vor, sein dunkles Haar, seine grünen Augen. Sein Geruch hing immer noch an dem Hemd, das sie trug, seinem Hemd.

Ihr Gefährte. Die Liebe ihres Lebens. »Ich liebe dich, Liam.«

»Ich liebe dich auch, Baby. Es tut mir so leid, dass ich dich verlassen muss.«

»Ich weiß.«

»Ich kann nicht glauben, dass sie Ellie und Charles ermordet haben. Ich hätte nie gedacht …« Seine Stimme versagte wieder und sie gab es auf, ihre eigenen Tränen zu unterdrücken. »Sie müssen sie beobachtet und gesehen haben, wie wir uns gestern getroffen haben. Vielleicht beobachten sie jetzt die Lyall-Ranch und suchen dort nach dir. Ich habe Angst, dort anzurufen und mit ihnen zu sprechen. Ich weiß nicht, was für Ressourcen die Abernathys haben.«

»Wie lange musst du wegbleiben?«

»Ich weiß es nicht. Was auch immer du tust, bleib bei Carla. Sie wissen nichts über sie, haben keine Ahnung, wo sie lebt oder so und kennen nicht einmal ihren Namen. Sobald ich glaube, dass es sicher ist, werde ich Carla aufspüren und dich durch sie finden.«

Maureen blickte durch das Zimmer zu ihrer besten Freundin, die in einem Schaukelstuhl saß und zuhörte. Carla sah aus, als wäre sie immer noch geschockt über ihre Enthüllungen, wahrscheinlich wollte sie glauben, dass alles nur ein böser Traum oder eine verrückte Halluzination gewesen war.

Genau in diesem Moment bewegte sich das Baby in ihrem Bauch. Maureen unterdrückte ein weiteres Schluchzen. »Sprich mit dem Baby, Liam«, sagte sie leise. »Lass sie deine Stimme hören.« Immer wenn das Baby in ihrem Bauch aktiv wurde, musste ihr kleines Mädchen nur Liams Stimme hören und sie beruhigte sich sofort. Schon vor der Geburt ein Papakind.

»In Ordnung, Liebes.«

Maureen drückte den Hörer an ihren Bauch und hielt ihn mit beiden Händen. Sie konnte seine Worte nur gedämpft hören, doch er versprach ihrer Tochter, dass sie in Sicherheit war und versicherte ihr, eines Tages zu ihnen beiden zurückzukehren.

Elaine. Für diesen Namen hatten sie sich bereits entschieden.

Nach einem Moment hielt sie den Hörer wieder ans Ohr.

»Schatz, hör mir gut zu«, sagte er mit seiner Alpha-Stimme. Es spielte keine Rolle, dass sie ihn zuerst beansprucht hatte. Er besaß sie mit Herz und Seele.

Sie schloss die Augen. »Ja.«

»Pass auf dich auf. Beschütze unsere Tochter. Ich komme wieder, das schwöre ich. Und ihr werdet jeden Tag in meinen Gedanken sein, während ich von euch getrennt bin. Vergiss nie, wie sehr ich dich liebe.«

»Ich liebe dich auch, mein Gefährte.«

Dann flüsterte er. »Ihr seid mein Herz und meine Seele.«

»Und du bist mein Herz und meine Seele.«

Als er auflegte, ließ sie beinahe den Hörer fallen. Es fühlte sich an, als wäre ein Teil ihrer Seele gestorben. Es war über einen Tag her, dass sie ihn gesehen hatte. Er war aufgebrochen, um sich mit den Eltern der Lyalls zu treffen und ein sicheres Versteck für sie zu organisieren.

Da die Lyalls nun tot waren, vermutete sie, dass sie Liam nie wieder sehen würde.

Plötzlich spürte sie Hände auf sich und realisierte, dass Carla zu ihr gekommen, ihr den Hörer abgenommen und aufgelegt hatte.

»Geht es dir gut?«, fragte Carla mit zitternder Stimme.

Maureen schüttelte den Kopf und brach in Tränen aus. Es würde ihr nie wieder gut gehen. Nicht, solange sie von ihrem Gefährten getrennt war.

***

HEUTE ...

Marston traf sich nur ungern mit diesem Mann. Vor allem, da er in den vergangenen Jahrzehnten eine richtige Pechsträhne gehabt hatte. Er wartete nervös im Vorzimmer, wo einer der Lakaien des Mannes ihn ein paar Minuten zuvor zurückgelassen hatte. Dann öffnete sich die Bürotür und ein anderer Lakai winkte ihn schweigend herein.

Er fühlte sich eher wie ein unartiger Schuljunge als wie ein Mann, der über dreihundert Jahre alt war, während er hineinging und versuchte, nicht zusammenzuzucken, als der Lakai die Tür hinter sich schloss. Jetzt war er mit dem anderen Mann allein.

Rodolfo Abernathy saß in seinem Rollstuhl hinter seinem Schreibtisch. Er stellte sich gerne als freundlichen, verhutzelten, etwas müden Mann dar. Als schwachen Mann, der seine Blütezeit längst überschritten und harmlos war.

Doch in Wahrheit war Rodolfo Abernathy trotz seiner Falten noch immer ein gerissener, gefährlicher Wolf. Und er konnte Marston nicht im Geringsten täuschen.

»Marston«, sagte er. »Was für Neuigkeiten hast du für mich?«

»Ich glaube, ich habe die Tochter von Liam Pardie gefunden.«

»Glaubst du es, oder weißt du es?«

Marston schluckte schwer. »Ich kann noch nichts bestätigen, aber ...«

Rodolfo schlug mit der Faust auf den Schreibtisch und stand langsam auf. »Ich habe deine Fehler satt. Erkläre mir noch einmal, warum ich den Blutschwur nicht mit deiner eigenen Haut einlösen sollte, um dich ein für alle Mal loszuwerden? Ich habe schon zu viele Jahre darauf verschwendet, dass du endlich ablieferst.«

»Ihr Nachname ist derselbe. Sie ist gerade mit den Lyall-Alpha-Drillingen zusammengekommen. Ich weiß nicht genau, ob sie Liams Tochter ist, aber alles deutet darauf hin.«

Rodolfos faltiges Gesicht weitete sich schließlich zu einem entsetzlichen Lächeln. »Ausgezeichnet«, sagte er, und ließ sich wieder in seinen Rollstuhl fallen. »Wie lange wird es dauern, bis du sie erwischst? Ich will die Sache auf keinen Fall über ihren Clanrat regeln.«

»Ich arbeite dran. Du hast gehört, dass es *Alpha-Drillinge* sind, oder? Es wird dauern.«

»Arbeite schneller. Deine schlampigen Methoden machen dich nur verdächtig. Ich habe kein Problem mit Mord als Mittel zum Zweck, wenn du nicht das Ziel erreichst, das wir uns wünschen. Also beeil dich, bevor ich des Wartens müde werde und dich eliminiere.« Dann machte er eine abweisende Geste in Marstons Richtung. »Jetzt geh mir aus den Augen.«

Als Marston aufstand und sich zum Gehen umdrehte, hatte Rodolfo noch eine Bemerkung für ihn. »Oh übrigens. Ich habe gehört, dass du vor zwei Jahren für einige Morde in Brüssel verantwortlich warst.«

Marston erstarrte kurz und drehte sich dann um. Er hatte nicht erwartet, dass er davon erfahren würde. »Davon weiß ich nichts.«

Rodolfo sah ihn mit zusammengekniffenen Augen an. »Du weißt nicht, welcher Wolf möglicherweise mit den Cockatrice zusammengearbeitet hat? Welcher Wolf dafür verantwortlich war, dass Bertholde, die Seherin der Drachen, in Yellowstone getötet wurde? Welcher Wolf die Aufmerksamkeit der neuen Seherin der Drachen auf meinen Clan gelenkt hat? Du weißt nicht, welcher Wolf zwei Komplizen dieser Tat in Brüssel getötet hat, einschließlich ihrer Familienmitglieder?«

Marston schüttelte den Kopf und ging langsam zur Tür. »Soweit ich weiß, gibt es Gerüchte, dass es ein Cockatrice war. Dass die Opfer genauso getötet wurden, wie Cockatrice es tun.«

»Bullshit. Jemand hat sich einfach ein paar Tricks von ihnen abgeschaut.« Rodolfo knurrte tief und bedrohlich. »Vielleicht bist du zu jung, um dich daran zu erinnern«, fuhr er fort, »aber ich erinnere mich noch gut daran, wie es sich anfühlt, ein Leben zu beenden. Das Gefühl, der Geschmack von warmem Blut, das einem die Kehle hinunterläuft. Wie es sich anfühlt, die Zähne in die Kehle eines Gegners zu schlagen, seine Luftröhre zu zerquetschen und zuzudrücken, bis sein Herz aufhört, seine Lebenskraft in meinen Mund zu pumpen. Dickes, warmes Blut.« Er knurrte wieder. »Nur weil ich alt bin, heißt das nicht, dass ich es nicht mehr tun kann und tun werde, um eine alte Rechnung zu begleichen. Drücke ich mich verständlich aus?«

Marston nickte.

»Verschwinde von hier, du verlogener Flohsack«, befahl Rodolfo.

Marston stürmte durch die Tür, bevor Rodolfo seine Meinung ändern konnte.

***

Rodolfo rief seinen Lakaien zurück in sein Büro. »Behalte Marston im Auge«, befahl er ihm. »Ich möchte immer über seinen Aufenthaltsort und seine Aktivitäten auf dem Laufenden gehalten werden. Ich will alles wissen, was er über die Pardie-Bitch weiß. Sobald wir alle Informationen haben, können wir ihn loswerden. Wir wollen nicht, dass er noch mehr Aufmerksamkeit auf uns lenkt. Wir haben so schon genug Ärger und ich möchte nicht, dass die neue Seherin der Drachen uns ins Visier nimmt. Verstanden?«

»Verstanden.«

Dann winkte Rodolfo ihn hinaus. Wieder allein, lehnte er sich in seinem Rollstuhl zurück und presste die Finger vor sich zusammen. Wenn er ehrlich war, brauchte er den Rollstuhl nicht wirklich. Er sah viel gebrechlicher aus, als er tatsächlich war, aber er fand es hilfreich, um den Menschen um ihn herum ein falsches Gefühl der Sicherheit zu vermitteln.

Was sollte er tun? Seine eigenen Söhne und Enkel hatten sich als äußerst enttäuschend erwiesen. Sogar sein Urenkel Paul, der einzig Anständige seiner Generation, war nicht mehr als eine schlechte Kopie eines echten Wolfes. Definitiv niemand, den er eines Tages in seiner Position haben wollte.

Vor allem, wenn die jüngsten Gerüchte über Paul stimmten.

Leider sah es ganz danach aus, als könnten die Rodolfos auszusterben, es sei denn, er bekam neues, frisches Alpha-Blut. Die Pardie-Frau war, soweit er das beurteilen konnte, seine letzte Hoffnung.

Scheiß auf »wahre Liebe«. Er brauchte einen Erben, und zwar einen würdigen. Und den würde er auch bekommen.

Er zückte sein Handy und rief Paul an. Der Junge, erst dreiundzwanzig, meldete sich beim zweiten Klingeln. »Ja, Großvater?«

»Paul. Was ist das für ein Ärger, in den du da hineingeraten bist?«

Der Junge zögerte, bevor er antwortete. »Ich bin mir nicht sicher, wovon du sprichst …«

»Lüg mich nicht an, Junge!«, brüllte er. »Ich weiß von dem Mädchen.«

Nach einem Moment der Stille sprach der Junge mit

sanfter Stimme weiter, die Rodolfo beinahe wütend machte: »Sie ist nur ein Straßenköter.«

»Und stimmt es? Hast du sie geschwängert?«

»Sie sagt, dass es von mir ist, aber ich weiß nicht, ob das …«

»Kümmere dich darum«, knurrte er ins Telefon. »Gib mir einen Grund, warum ich dich nicht töten sollte, wie ich deinen Vater und Großvater getötet habe.« Pauls Vater war ein wehleidiger Omega gewesen, der den Familiennamen nicht verdient hatte. Pauls Großvater, sein eigener Sohn, war ein verräterischer Beta gewesen, der versucht hatte, ihn zu töten und seine Position zu übernehmen. Er musste Pauls Beta-Rückgrat aufbauen, und zwar schnell, oder alle seine Optionen für einen auch nur annähernd würdigen Erben seines Imperiums waren dahin.

»Wie soll ich mich darum kümmern?«, fragte Paul. Rodolfo verachtete den weinerlichen Ton des Jungen.

»So, dass das Problem aus der Welt ist. Wenn du es nicht tust, werde ich mich um *dich* kümmern.« Dann legte er auf. Oh, wie sehnte er sich nach den alten Zeiten, als sie noch wie echte Männer Rechnungen begleichen konnten, ohne es vertuschen zu müssen oder Höflichkeit vorzugaukeln. Den jungen Welpen heutzutage war die Ehre oder der Ruf der Familie egal. Ihnen war es egal, ob der Stammbaum der Familie verunreinigt wurde.

Ihnen waren Vorschriften egal. Das Blut seines Stammbaums war ohnehin schon genug von Betas und Menschen verunreinigt worden.

Noch mehr schmutziges Straßenköter-Blut war auf keinen Fall das, was sie im Moment brauchten.

Feuerprobe Buch 4

HOLEN SIE SICH IHR KOSTENLOSES BUCH!

Tragen Sie sich in unsere Mailingliste ein, um Ihr kostenloses Buch zu erhalten.

https://geni.us/jungfrauunddervampir

BÜCHER VON LESLI RICHARDSON

Suncoast Society

Sicherer Hafen
Von Haus aus Domme
Cardinal's Rule
Der zögerliche Dom
Der Denim-Dom

Ärger-im-Dreierpack-Reihe

Ärger Kommt Selten Allein - Buch 1
Sturmwarnung - Buch 2
Nacht Der Drei Hunde - Buch 3
Feuerprobe - Buch 4

ÜBER DEN AUTOR

Über die Autorin

Die Autorin Lesli Richardson, die besser unter ihrem erfolgreichen Pseudonym Tymber Dalton bekannt ist, lebt mit ihrem Ehepartner und zu vielen Haustieren in der Region Tampa Bay in Florida. Sie schreibt in einer Vielzahl von Hitzestufen und Genres, von Mainstream-Sci-fi bis hin zu heißem Ménage. Die USA Today-Bestsellerautorin (als Tymber) und zweifache EPIC-Preisträgerin ist nebenberuflich Wikinger-Schildmaid in Ausbildung und liebt es, mit ihren Freunden Tontauben zu schießen und D&D zu spielen. Sie ist außerdem die Autorin von über zweihundertfünfzig Büchern, darunter *The Reluctant Dom*, *Cross Country Chaos*, *Her Vampire Obsession*, die Bleacke-Shifters-Serie, die Governor Trilogie, die Determination Trilogie, die Great Turning Trilogie, die Suncoast-Society-Serie, die Love-Slave-for-Two-Serie, die Triple-Trouble-Serie, die Coffee-shop-Coven-Serie, die Good-Will-Ghost-Hunting-Serie, die Drunk-Monkeys-Serie und viele andere.

Sie lebt in ihrer eigenen kleinen Welt, aber das ist in Ordnung – alle kennen sie dort.

Sie liebt es, von ihren Lesern zu hören! Schauen Sie auf ihrer Website vorbei und melden Sie sich für ihren Newsletter an, um über die neuesten Nachrichten, Sneak Peeks und Veröffentlichungen auf dem Laufenden zu bleiben.

Ehrliche Rezensionen sind immer willkommen; sie tragen zur Sichtbarkeit eines Buches bei und können seine

Platzierung auf den Websites von Buchhändlern verbessern. Selbst nur ein paar Zeilen darüber, was Sie beim Lesen des Buches empfunden haben, sind hilfreich. Vielen Dank, wir wissen Ihre Zeit sehr zu schätzen!

Newsletter: https://tymberdalton.com/newsletter/
http://www.tymberdalton.com